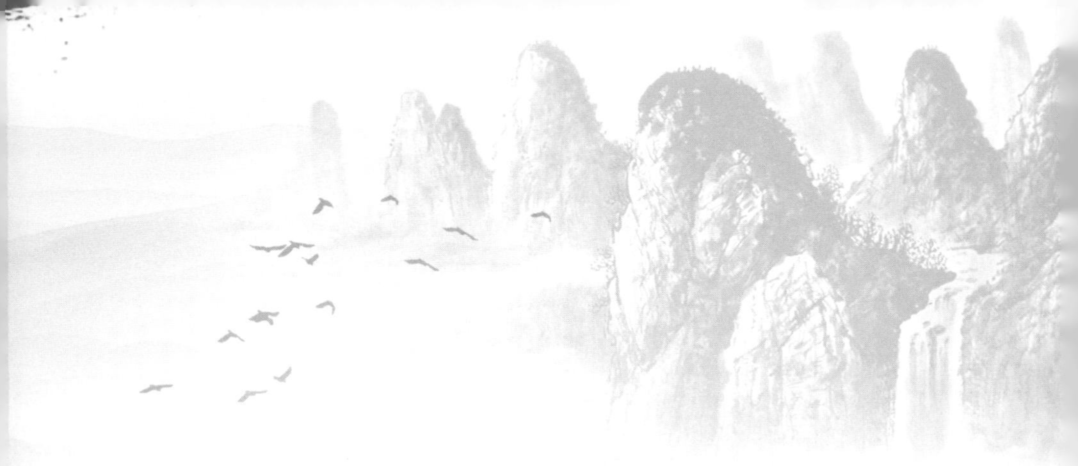

天下篇，逍遙遊
七星劍，葫蘆酒
你就這樣長身去了江湖
自天涯滄桑風塵回來的你
大鐘鳴鼓，琴瑟竽笙
高台厚榭，邃野之居
或人何在？或人何在？
你又帶書攜酒配劍
從眼前到天涯，一路過去

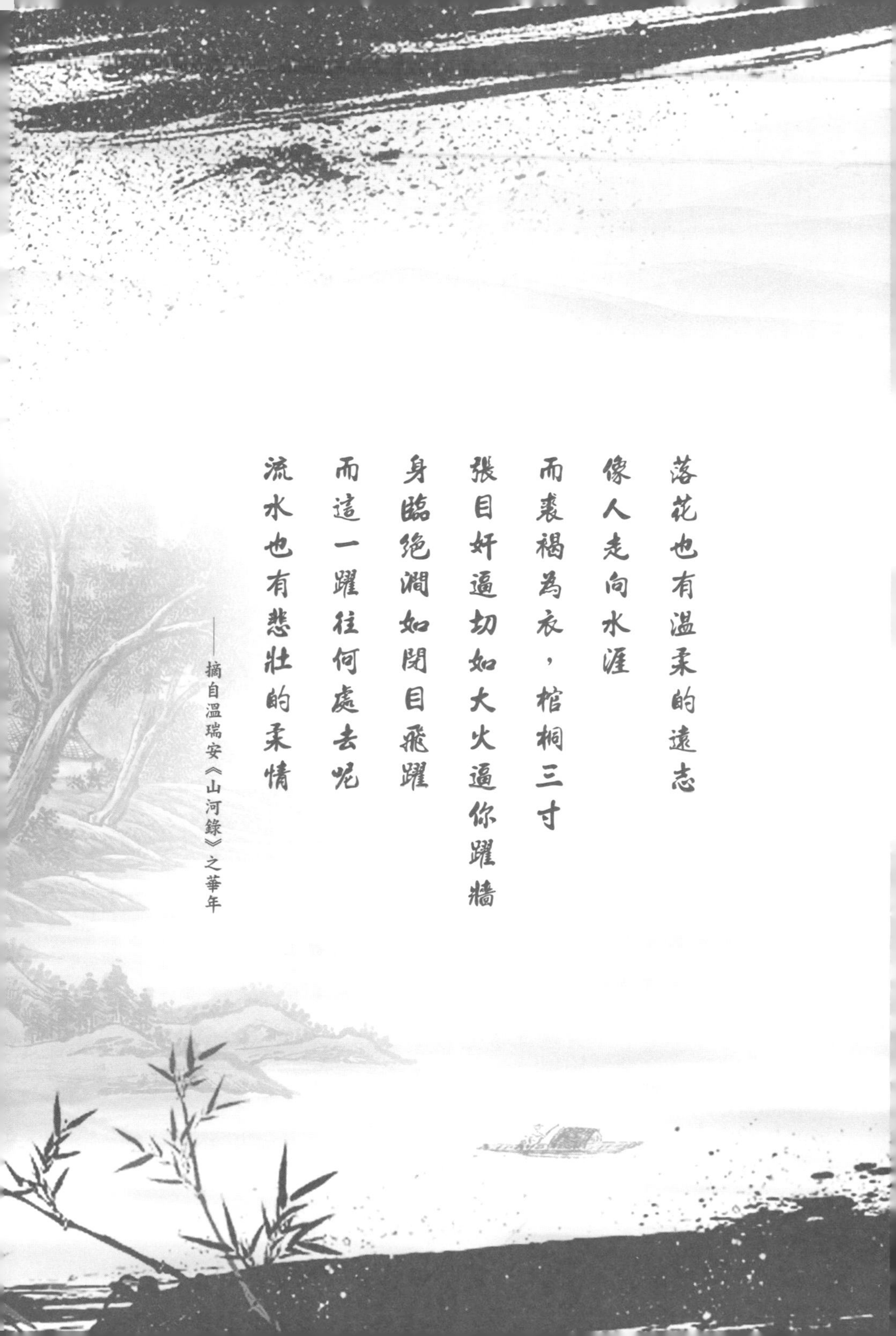

落花也有温柔的遠志
像人走向水涯
而裘褐為衣，棺桐三寸
張目奸逼切如大火逼你躍牆
身臨絕澗如閉目飛躍
而這一躍往何處去呢
流水也有悲壯的柔情

——摘自温瑞安《山河錄》之華年

武俠經典新版
朝天一棍
說英雄・誰是英雄系列
溫瑞安 著
3

說英雄誰是英雄系列

朝天一棍

第三冊

目錄

第貳卷　你的拳

——務必要有班門弄斧、勇於獻醜的勇氣，敢於破釜沉舟、捨我其誰的決心，才能任大事、創新局。

但將無奈化為翼
天空海濶任我飛

第十一章　四大不空

一　從此起，開始寂寞矣

——這個人彷彿什麼都沒有了，只剩下了悲憤哀傷。

一路上，她都在觀察唐寶牛。顯然的，這個人跟以前的唐寶牛（跟她一起天天瘋天天玩天天胡鬧一天不惹事生非就全身發癢無枝可棲的那個）是完全不一樣的人。

可是溫柔又偏偏知道：他和「他」其實是同一個人。

她也明明曉得，「他」就是眼前的唐寶牛。

不過她還是覺得：他不是原來那個唐寶牛。

他不是的。

——因爲他變了。

完全變了。

以前的唐寶牛，光是外號就有六十八個字長，趾高氣揚，面子大得像在天空畫了個鼻子就是他的顏臉，天塌下來他頂多叫方恨少當被蓋。他從來不等。他認爲等人是形同羞辱自己的行爲，就算是要等待時機，還不如自己去創造時機。他從來不怕。他自以爲天不怕、地不怕進而頂天立地，最好是天怕他、地怕他。他不忍。他覺得忍氣吞聲是最愚昧的事，服就服，不服便不服，有什麼好忍的？再說，你忍了人，人可不一定知道你忍讓了他，反而可能得寸進尺，還笑你縮頭烏龜呢！所以他從來不忍、不怕、不等。

因爲他是唐寶牛。

——一個自稱「巨俠」：大俠不足以形容其偉其大的好漢。

除非是遇上他深佩的人，他才忍、才等、才怕。

他向來只怕對方有理，見到好人才忍，對他覺得美麗之女子，他肯等。

這才是唐寶牛。

——至少，這是以前溫柔所深悉的唐寶牛。

可是眼前的人，全變了樣。
徹底的變了。

他仍然高大、威皇、豪壯，但只剩下了形，失去了神；賸下的是虛殼，他彷彿成了個沒了靈魂的人。

他不但無精打采，簡直形同槁灰。

他不再惹事生非。一路逃亡下來，一百里如是。二百里如是。三百里亦如是。他忍。他讓。甚至他肯耐心等待。他不再鼓噪、鬧事，只垂頭喪氣，甚至不言不語、不寢不食。

她曾聯同方恨少、梁阿牛、何小河等人，千方百計，想盡辦法，要逗唐寶牛恢復以前一樣，有說有笑，嘻哈絕倒。

可是沒有用。

唐寶牛沒有笑。

他 笑 不 出 。

有一次，溫柔直接問他：「你知道你已經多久沒笑了？」

當時，唐寶牛臉上出現了一種極其茫然的表情來。

——彷彿，他不但已忘了怎樣笑，甚至已不知道笑是什麼了。

這一路逃亡下來，一個月了，他們身上原有的傷勢，多已好了個七八成。但只有唐寶牛：他本來一向好像是鐵鑄成的，對他而言，就似從來沒有不能癒合的傷口——可是這次卻不然。

他的傷，其實並不太重，是在「八爺莊」裡打了皇帝、宰相後挨的毒打和任氏雙刑所施的刑傷，這些對平生受傷無算流血成河的他，本就不當一回事。

但他卻沒好。

傷依然是傷，而且傷口還在淌血、流膿、且不斷擴大，有的見筋，有的露骨，而且都發出惡臭。

不但沒復原，還突然加重了；外傷之後，內傷也加劇。

一路上，八百里路下來，他們雖然都受到追擊和伏擊，也各有傷亡（主要是保護王小石等人的正義力量跟追殺王小石一夥人的官兵、殺手及黑道高手廝拚的結果），但他們都一力護著唐寶牛，既沒讓他出擊，也不讓他受到任何傷害。

按照道理，這個天神般壯碩的漢子，在這種細心維護下，沒道理連那一點傷也好不了。

連體弱多病，自稱「弱不禁風」，但就利用這「弱不禁風」的特點練成「白駒過隙」身法的方恨少，他身上所受的傷，也早就復原了。

可是唐寶牛非但未傷癒，而且還傷得愈來愈重了。

有一天，他們發現他連胸骨也折斷了兩根。

又一次，他們發覺他折斷了兩根指骨，而他自己卻全無所覺——彷彿那不是他的手指，或者，他不知痛楚為何物似的。

他似一點也不愛惜自己。

但溫柔等人看到就心痛。

——這樣一位神威凜凜玉樹臨風的漢子，而今卻只有八個字可以形容：

形銷骨立，黯然消魂。

她看了也覺得不忍心。

直至有一天在荒山露宿的半夜裡，溫柔先聽到狼嗥，後是蟲豸的嗚咽而忐忑不安，然後又為一陣陣奇異的聲音而驚醒，遂發覺王小石和唐寶牛正扭打在一起。

大家都醒了，幫忙按住了唐寶牛，發現他又斷了兩根脅骨，斷骨在荒山月下，慘青青的，正刺破掀開的創口胸肌腱肉，像一張血口裡伸出了兩根慘青帶白堊色的舌頭。

眾人都詫異王小石為何要下此重手，頃刻後才知唐寶牛的傷是他自己下的手。他竟伸手插入了傷口，扣住自己的肋骨，且用力扳斷了它。骨折的聲音終於驚動了十分警覺的王小石。

王小石憤怒了。

他厲聲責問唐寶牛：「你為什麼要這樣對待自己!?」

唐寶牛說：「你為什麼不讓我死？」

王小石狂怒的說：「你以為你這樣做就對得起為救你們而死去的弟兄們!?」

唐寶牛慘笑（那是笑嗎？如是，那「笑」確使溫柔不寒而慄），只說：「我本來就不該活下去的。」

「那我呢？」方恨少忍不住插口說話。他氣得在荒山冷月寒夜裡，他身上的白衣激出一種蒸騰的感覺：「他們也救了我，也為我犧牲了不少人命，流了不少熱血——如果你我不活下去，不活得好好的，他們都白死了！」

唐寶牛垂下了頭。

「可是……」

「可是什麼？」王小石咄咄迫問，「你在追悔朱小腰的死吧？你以為這樣折磨自己朱姑娘就會死得瞑目!?」

唐寶牛全身劇烈的顫抖了起來。

王小石一巴掌就摑了過去。

一記清脆的耳光。

「讓我也死吧！」

唐寶牛嚎道。

「你死吧！」王小石咬牙切齒的說：「你死了之後，看誰爲朱姑娘報仇！朱小腰爲救你而死，卻救了個廢物，她是白死了！你死了，誰殺吳驚濤？誰誅蔡京？誰爲她報此大仇!?」

「我！」唐寶牛第一次回復他那打雷般的聲量：「我要爲她報仇！」

「你？」王小石第一個字是鄙夷的，然後才說得斬釘截鐵：

「那你先得要活下去再說！」

唐寶牛震了一震，彷彿到這天晚上，他才第一次聽到「活」這個字和「活下去」這個辭兒，使他無限震驚。

甚至哭了起來。

哭了出聲。

一個大男人在荒山裡哭成這樣子無疑是很難爲情的一件事。

可是並不。

大家反而覺得很欣慰。

因爲大家都好久沒聽見他哭過了，正如好久未曾見他笑過一樣。

◇◇◇

從這時候開始，溫柔只覺份外寂寞。

——這樣一名無懼無畏的猛漢，原來爲了「情」字竟可以如此神傷、如此脆弱的。

——他顯然是爲了朱小腰的死而失去了活下去的意志。

情字弄人，真可如斯？

溫柔看到這個本來活生生、鐵錚錚的男子漢，心中卻生起了無限溫柔。

她因而想到了自己。

她年紀也不小了，她也喜歡過人。

——她曾在她父親身畔依戀不去，但後來終發覺她和爹爹的世界畢竟差距太大，待她一旦闖江湖後，又迷戀外頭的波濤洶湧、驚險重重，而忘了歸家了。

——她曾醉心於「七大寇」之首領沈虎禪沈老大的醉人魅力。這才是英雄。這才是好漢。這才是可以讓人心繫的男子。可惜，她終於夢醒，也終於夢斷。

——她也曾暗中思慕過懷蓋世之材、成不世之雄的大師兄：「金風細雨樓」樓主蘇夢枕師哥的深沉譎秘、捉摸不定。但那也只是浮雲在湖心掠過一般的迷情而已。她再會「金風細雨紅袖刀」蘇師兄時，他已老大、病重、心無旁騖，她只能仰慕之，但總不致真的能跟一塊冰熱情起來，交融無間。

——然後是白愁飛。這個她又恨又愛、不羈不誠、狂妄自大、目中無人的人，到現在她還弄不清對他是怎樣一種感和情，到底是愛還是恨？甚至她也仍不十分清楚，那個白愁飛兵敗人亡的晚上，之前他為何要這樣對待自己？為何他要對自己做這種事？

無論如何，美麗的她一向卻讓人當作「小兄弟」辦，可是她心中依然有一片溫柔、萬種柔情，卻向誰訴？

她覺得自己雖也迷情過，也動過了情，但卻未曾真的深情、遇過真情。

——還是已遇過了，她不知情而已。

是以，看到了唐寶牛對朱小腰那種如死如生、寧可同死不願獨生的熱戀狂情，溫柔覺得荒山很涼、月很冷、心中很寒。

連狼叫驚醒時身畔只有她自己腕上鐲子玉石互碰時玎玎的聲音相伴，這使溫柔份外寂寞。

淒涼。

二　讓我戀愛可以嗎？

起先，那種感覺只是一點點的，一些些的，就像一段旋律、一句歌詞，忽爾掠過了心頭，嘴裡不覺哼唱了幾句，然而只是片段，不成篇章，唱過了就忘了。

但不久之後，那熟悉的旋律又浮現了，而且漸次的組合了起來，慢慢的成了一首歌，一首在心裡盤旋不已、依迴下去、繫擾不休的歌。

就像這年春分，春意特別濃。

它在枝頭上，溫柔這一刻看到了桃樹幹上、含苞欲放，枝上的那些嫩綠的芽，清新得讓人想一口吃了它。

她因一陣春風而轉過了流盼，看到蒲公英像一朵一朵會飛的羽毛一般滑翔過綠色的草原，去尋訪它的依憑、依靠和相依為命的地方，這一轉眼間，卻發現原來的桃樹的苞已朵朵怒放、吐出了嫣紅的花蕾，美得令她哎了一聲。

當桃花一下子都在一夜間盛開，第二天陽光照映下，如同千舌吐艷紅，朵朵翹楚，千手萬手在招招顫顫，那就成了絕楚了。

為何吐艷點頭？

因風。
因何盛開爭妍？
因爲春。
春天來了。
不僅在枝頭。
還在流水開始溶解了冰封，小鳥重拾了歡唱，大地回復了生機，更在村這頭、
山那頭，還有樹林那一頭。
而且，還在：
心頭。

◇◇◇

溫柔的心裡頭。

◇◇◇

溫柔最近心裡很溫柔。

她本來一向不愛看花、唱歌、用手絹，而今，她卻喜歡花、喜歡唱歌、喜歡用手帕揩揩臉、擦擦眼、印印唇邊也好。

但有時她心裡也很煩躁。

尤其在她看到蜻蜓雙飛，蝶戀花、鴛鴦戲水的時候，她就生起了一種莫名的焦慮：

她生命好像一直有一種期待。

——不，原來她生命中一直缺少一些東西：

她爲什麼要耍大小姐脾性？好像就是因爲缺少了這個。她爲啥要喜歡跟大夥兒去闖蕩江湖？好像就是爲了去尋找這東西。爲什麼在別人當她是「小兄弟」的時候，她很習慣但卻不快活？許或她好像失去了自己真正的身份，一時不知自己到底是誰，這使她焦急了起來。

不過這焦躁也是溫柔的焦躁，只不過有時突然發作得憑空而來、無緣無故，大家都有點吃驚，但都習慣了讓她、忍她、任由她。

——一味當她是「小兄弟」、「小妹妹」而呵護她，使她覺得自己是一個不完整的人；至少，不是一個真的女子。

她甚至覺得對不起自己珍藏的胭脂盒。

因爲她沒有什麼機會可以用上它們：那麼醉人的顏色；留在盒裡，像昨夜凝固的銷魂；塗在臉上，才能成爲今日活現的色相。

但除了那一次，她上「金風細雨樓」去找白愁飛之外，她一直沒有機會用過——那一次，那一夜，那一戰，結果，有人爲自己死了，自己也差些兒失了身，連「大白菜」也喪了命。

——是不是自己原是前世修了七生的妖精，不能給叫破原身？

一旦喝破，就得要人賠上了性命？

你就別說一向看來無憂無慮的她，沒有尤怨。

她是有的。

她甚至懷疑自己是妖是精，乾脆扮作男裝，當人家的「小兄弟」好了，一旦回復女兒身，就得閱歷暗巷裡的強姦、留白軒中的迷姦這等等可怖、怵心景象。

她本來已打算暫把兒女私情擱下，先逃了這一場亡再說。

她本來要賴在京師不願走。

但她必須要走。

因爲她亮了相。

——蔡京下令：只追究在劫囚中露了面目的人。

她在行動中根本不願幪面，所以擺正了旗號，誰都知道溫柔和她的刀，在這次劫囚中現了身、出了手。

要是她不離京，蔡京會派人抓她。

抓她不要緊，那會連累「金風細雨樓」。

她到時才逃？不是不可以，但逃得了尼姑逃不了庵。蔡京會有藉口去洛陽她爹爹那兒要人。

她可不想老父爲難。

她已夠使他難過的了。

所以她逃。

——何況，她想經歷一下：逃亡的滋味。

她更想跟王小石出來走走：

畢竟，京城，她住得悶了。

況且，最好玩的三個人：王小石、唐寶牛、方恨少都得要逃，留下她一個在京，豈不悶壞了？

——簡直是悶死了！

故此她選擇了：

逃亡。

◇◇◇

她逃亡的理由顯然跟王小石他們並不一樣。

對於一個真正男子漢而言，「逃亡」往往是在「死亡」和「失去自由」的三種情況下，只好作出最無奈的選擇。

但在溫柔而言，逃亡，或許只是一次較爲緊張的旅行，一場比較危險的遊歷而已。

只不過，她沒想到——

一向有他們在就鬧得個天翻地覆風雲色變的老牛和大方，竟然：

一個成了麻木不仁、行屍走肉；另一個，雖然稍稍好上一些，但也唉聲嘆氣，垂頭喪氣，看得出來：方恨少的笑顏也多只是強顏歡笑而已！

是以，本來已將心中的溫柔暫且化作刀鋒的她，有時、時常、時時、常常，又有一種石上開花的感覺。

就像那一兩個句子，漸漸唱成了一首歌；就似那一兩個詞兒，慢慢講成一個句子。當它真的變成一個句子、一首歌的時候，她還覺得好一陣不自在、不習慣。

最後，逐漸的，她心裡，只有這首歌，口裡，只有這個句子。

但她唱不出來。

說不出。

她的心愈漸溫柔。

愈漸失落。

因爲花開了。

春天來了。

因爲她看到偌大的一個唐寶牛竟爲了一個女子亡逝而如生如死、不復人形。

因爲，也許……

她一直缺少了些什麼。

她一直在尋找些什麼。

她想找個人來傾訴。

不過，在這段日子裡，連一向積極樂觀的王小石也比以前消沉了。

他似乎一面忙著跟唐七昧等人議訂逃亡路線，一面要應付沿途的追殺與伏襲，還一面要留心唐寶牛的一舉一動，更一面要留神一路上經過別人地頭、地盤的禮數和禁忌，且不時得要留意京師傳來一波又一波、一次又一次的武林和朝廷權力鬥爭、權位轉移、權勢劇變的消息。

這些事似成了一塊一塊的如山大石，都揹在王小石肩膀上。——就算是一雙再能擔正義的鐵肩，也會垮的，也要塌的。

你要一個人不再開心、自在、如意，很簡單，只要你有權，你就給他個王位或官位吧，只要他的烏紗帽一戴，紫蟒袍一穿，就從此變成了個憂心怔忡、愁眉難展的人了。

——有時候，給人名和利，也一樣可以達到這項效果。

溫柔可不知道這些。

她也不理會這些。

她不管。

她只想尋找她沒有的（一向都無）或失去的（本來有的）的事物，好讓自己不虛度這一場花開，這一年春天，這一個心願。

可不是嗎？

她在大家歇息在梨村的時候，發現梨子都沒熟，全是青澀的，比棗子還小，有的還只是一朵朵帶點淡青的花，她就覺得很尤怨，一邊吃著抃餅，聽著貝齒間發出的咔咔脆響，一邊想找粒可以吃的梨子。

這一路上，風塵僕僕可比紅塵滾滾更易使一個年輕活潑俏皮嬌艷的姑娘蒙塵。她，溫柔，洛陽王溫晚的掌上明珠，而今竟連蘋果、李子、梨都沒得吃。

一口也沒得好咔嚓咔嚓。

她想到就鼻子癢癢。

牙酸。

心也酸。

但她在梨葉間，仍找不到一顆可堪咀嚼的果實，卻只在一朵淡綠奶白的梨花間，找到了一隻美麗的甲蟲。

甲蟲是最美麗的蟲。牠有翼，像鳥，會飛。牠有花紋，像貝殼，設計了圖案。牠有腳，會走，而且不會咬人、螫人，善良得就像隻小型而有修養的龜。

別看牠雖羞怯，卻不會縮頭哩。

真有趣。

她一笑，就開心了。

酒窩深深。

——其實人只要想開心，只要笑，笑開了，心就會開了。

相由心生，但反之亦然：一個沒良心的人只要常強迫自己常常去做善事，自然而然就成了個善人了。

溫柔笑了之後，看見那小甲蟲展翅要飛、想飛、欲飛，她就輕輕用指尖阻止了牠的試飛，捧在手心，輕輕的說：

「連你也不理我了，嗯？」

她輕輕向小甲蟲吹了口氣，呵氣若芒的說：

「你就是不定性，沒有心的。人家跟你說話，追隨了你老半天，你想飛就飛，要走便走，可沒把人家擺在心裡呢？」

她終於幽幽的說了她那句心裡像一首歌的話：「你說，小烏龜，讓我戀愛、好好的戀愛一場，可以嗎？」

意外的是：完全出乎她意料之外的是：

居然有人真的「吓!?」了一聲。

那人好像聽到大地的震動，而發出了一聲見了鬼般的或鬼一般的怪叫。

三　一點都不溫柔的溫柔

回答她的當然不是那隻小甲蟲。

而是那一個「小甲蟲」。

——不是真的小甲蟲的「小甲蟲」。

但卻比小甲蟲還小甲蟲的「小甲蟲」。

◇◇◇

「羅白乃！」溫柔尖叫了起來：「你在草叢堆裡幹什麼!?」

只見草堆裡、樹葉叢中忽地冒出了一個頭：圓圓的眼、白白的眼白、圓圓的耳垂、黑黑的眼珠、圓圓的鼻子，嘟嘟的俊臉，還有一排帶點哨的牙，跟她對望著傻了眼。

「恩公，」那少年眨著大眼，語調極富情感，「對不起，嚇著了妳，我罪該萬死，我活該吃泥。我賠罪，妳吃梨。」

說著，居然遞上了一粒梨子。

梨已初熟。

溫柔一見梨，氣消一半。她口渴，便迫不及待地搶了過來，先咬了一口，咔嚓咔嚓幾聲，氣又再消一半，咔嚓咔嚓的叱問道：

「你幹嘛躲在樹叢裡偷聽我說話？想死吖！」

「非也，」少年羅白乃忙申辯道：「我本來是來這兒替恩公找東西。」

「恩公？」溫柔皺眉，梨子仍澀，但總算比沒有梨子可吃的好：「太難聽了。」

「妳的確救過我。沒有恩公相救，我羅白乃——外號羅送湯，日後就不能在江湖上、武林中成爲頂天立地第一號拔尖出色、冠絕天下的大人物了。我不叫妳恩公，豈不忘恩負義？」

「你忘恩負義好了。我又不是公的，你別叫我恩公，我不喜歡。」

「那麼……該叫什麼好呢？不是公的……」羅白乃靈機一動：「啊，叫恩婆如何——」

「呸！」溫柔啐了一口，「別叫別叫，要叫就叫我姑奶奶。」

「姑奶奶。」

羅白乃倒一點也不爲忤，一開聲就叫了。

溫柔怔了一怔，只好隨之，眼看梨子已只吃剩下一瓣核心了，一口都沒留給對方，未免有點訕訕然，便隨意的問：

「你剛才說找什麼東西來著？」

「找梨子。」羅白乃爽快的說：「找一粒熟了的梨。」

溫柔笑說：「怎麼你找到，我卻找不到？活該你要給我吃。」

「熟的就只這顆，」羅白乃誠誠懇懇的說：「我本來就是要找給恩公……不，姑奶奶您吃的。我知道姑奶奶唇兒乾了，要解解渴。」

溫柔聽了很有點感動，但她畢竟冰雪聰明，覺得有點奇，「算你有你姑奶奶的心。不過，你找梨子應該上樹，幹啥蹲在草叢堆裡？」

羅白乃這回有點尷尬，期期艾艾。

「快說！」溫柔一見此等情形，更要追問到底：「幹什麼勾當？快點從實招來！」

羅白乃結結巴巴的說：「我本來是在找梨子的，剛找到了一個，就……」

溫柔杏目圓瞪，追查到底：「就怎麼了，說！」

羅白乃苦笑道：「……真的要我說？」

溫柔一聽，更不惜大逼供，陰陰、森森、嘿嘿、哼哼地道：「你——敢——不——說!?喋！喋！喋！」

「不敢。」羅白乃可憐兮兮的說了下去：「我……我就……急了。」

「什麼急了？」

「人有三急……的那個急。」

「那也正常。」溫柔有點滿意，推論下去：「那你就蹲在草叢裡，咳，哼，嘔，髒死了。」

羅白乃臉紅紅的說：「失禮，失禮了。」

溫柔沒好氣的問：「大的還是小的？」

羅白乃垂下了眼：「大的。」

溫柔嚴師般的從鼻子「嗯」了一聲，忽省起一事，叫起來，問：「你大解？」

「是啊。」

羅白乃似有點意外溫柔的忽爾大驚小怪。

「你的……手……？」溫柔臉色大變：「你的手……拿梨子……」

羅白乃嚙嚙笑道：「……我我……還來不及抹淨清洗，姑奶奶就把梨子……搶，不，拿過去了。咭咭。」

「你！」溫柔幾乎沒把吃下去的全吐出來：「我呸！髒鬼！」

她忽又想起一事。

——這事可比一顆髒梨子更嚴重。

「你剛才到底有沒有偷聽到我的話？」

羅白乃看到溫柔一副要殺人滅口兇巴巴殺氣騰騰的樣子，吐了吐舌頭，說：「妳跟小甲蟲說的那番話？」

溫柔一聽，心裡涼了半截：這話可不能讓這小王八的去傳開來，那時自己女俠溫柔顏面何在!?

當下又氣又急，戟指叱問：「你聽到了什麼？」

「我？」羅白乃指著自己的圓鼻子，說：「我聽到姑奶奶在說了一句……」

「一句什麼？」

「您說，」羅白乃捏著喉核在學著溫柔尖尖細細的聲調，居然有六成相似：「小烏龜……」

就停在那兒。

沒說下去。

溫柔可急了，脹紅了臉，跺著腳，像一頭給拴久了已迫不及待要放蹄踢人的怒馬：

「下面的呢？」

「真的要說？」

「說！」溫柔連手都搭在腰間的刀柄上了。

這一下可真管用，羅白乃馬上說了下去：「您說：小烏龜，讓賀員外、好好的浣外衣一床，好嗎？」

溫柔楞住了。

羅白乃倒傻乎乎的反問：「請問姑奶奶，誰是賀員外？他跟妳很熟吧？怎麼妳一看到甲蟲就想起他那件浣洗的外衣？他的外衣很名貴吧？姑奶奶是怎麼知道他床上有外衣的？絲的、還是綢？緞的還是透明的？」

溫柔一時不知如何回答。

從何作答是好？

「嗯？」羅白乃對剪著長睫毛，明眸皓齒的追問：「姑奶奶？」

溫柔搭在刀柄上的手也移開了，只喃喃的道：「賀員外，嚇！我怎麼知道！王八蛋，髒梨子也敢給姑奶奶吃，看我不剁了你去餵豬！」

羅白乃忙伸了伸舌頭：「不敢了，下次不敢了。」

溫柔一叉腰：「還有下次!?」

羅白乃嚇了一大跳，忙不迭的說，「沒有，沒有下次了。下次我找到梨子、餃子、栗子、菩提子、老子孔子孟子莊子我兒子，一概自己吃了，不敢給姑奶奶妳了。」

溫柔見這人傻憨，不覺一笑，啐道：「發瘋了你，失心喪魂的！」

羅白乃見她一笑，卻似痴了，囁嚅的讚嘆道：「哎，這梨渦，可深一下，淺一下的，天下姑娘，那笑得這般的美，這園子要是早請姑奶奶妳來多笑幾次，只怕滿園梨子早就熟啦，而且長得更香更甜、更多更大的了。」

這下讚美，溫柔十分受落，哧的一笑，只說：「髒小子，眼睛倒亮！」

羅白乃嘻的一笑，做了個鬼臉，道：「姑奶奶要我招子放亮點，我就一定亮；要我看不到的，我就眼不見爲乾淨，睜開眼也不過是瞎子掀眼皮子而已！」

溫柔白了他一眼，臉上似笑非笑：「猴崽子！就懂貧嘴。」

忽又唉了一聲，幽幽的說，「要是那死鬼見愁，還有那個天下最蠢的石頭腦袋，有你一半討我好，那就好了。」

羅白乃眨眨大眼，眼睫毛長長對剪著許多春天：「姑奶奶，妳說什麼?」

「嗯?」

忽聽遠處有人喚：

「溫柔，溫柔，妳在那裡？」

喚她名字的人，聲細而柔。

那就像小河潺潺溫柔的水聲。

溫柔知道：那是何小河。

——這一路逃亡的隊伍裡，就何小河和她是女子，當然比較常有機會在一起。

她很快就弄明白了，至少，何小河有一樣特性跟她幾乎是完全一樣的：

何小河名字小河，樣子小河，聲調小河，可是，爲人一點兒也不「小河」。

而且還十分「長江大河」。

她的外號比較像她：

「老天爺」。

有次，溫柔看到她跟詼諧突梯的羅白乃對罵，才知道這位「老天爺」有多老天爺！

又有一次，梁阿牛給何小河劈頭劈面罵得個體無完膚、狗血淋頭，她才明白何小河如何一點也不小河。

再有一次，居然連王小石、方恨少、羅白乃師徒，外加一個用手走路梁阿牛，竟還罵不過一個何小河，當時，使得她不得不心中暗嘆了一聲：

「老天爺！」

唐寶牛神智未復，狀態未佳，是以，一旦罵架，何小河一時還堪稱無敵。

——這點，何小河畢竟與她自己近似。

因爲她同樣一點也不溫柔。

所以羅白乃跟梁阿牛這對鬼寶貝，常作了一首歌來諷刺她倆：

「小河彎彎呀似刀邢！

河小淹死人不要命唵嘛嘿！

溫柔一點也不溫柔呀！

溫柔鄉殺人也不把命償吭呀喂！」

——嘿！

——難聽死了！

（你唱你的，我兇我的！）

（怕你們唱，我們還算兇？）

（呸！）

——女人就一定要溫柔的麼？歌是難聽，姑奶奶我可一點也不難堪！

溫柔漫應了一聲，走了過去。

羅白乃望著溫柔背影，怔怔發呆了好一陣，才喃喃地道：

「這樣的話都能給我及時想出來，嘿……賀員外？浣外衣？噉！嗤！」

他打從鼻子裡笑出來，「我還真佩服自己哩……」

然後他又喃喃自語：「……讓我戀愛，好好的戀愛一場，可以嗎？」

語音甚爲溫柔，也甚似溫柔，還自說自笑。

忽然，頭上給人一叩，他痛得哇一聲叫起來，回頭看，卻是師父：

「天大地大」班師之。

四 何不轟轟烈烈愛一場？

螳螂捕蟬，黃雀在後。

羅白乃有意無意間聽了溫柔的心思，也陷足於溫柔的心緒裡，卻沒料到，有人卻在背後聽了他的自言自語。

——幸好不是敵人。

而是比敵人還「麻煩」的師父。

只見班師似笑非笑的望著他，額上剛好才佇著一隻老甲蟲，他也不以爲忤，只詫問他徒弟：

「你有病啊？」

「沒有。」

「你喃喃自語幹什麼？」

「沒什麼。」

班師之可更狐疑了：

「你怎麼學人家女人說話的腔調？」

「那有？」

班師用手摸摸他徒弟的額：

「你發燒？」

「誰說！」

「你神經有問題？」

「你才有問題。」

「那你為啥一個人在你那篤大便旁不遠發姣？你給自己的臭味熏昏了頭腦不成？」

「這……」羅白乃的心緒正陷入一種幽思之中，給他師父這一陣子夾纏迫問，登時變得沒好氣，反問：「師父，你覺得姑奶奶她是不是也有點兒發姣？」

「什麼!?」

班師叫了起來。

羅白乃覺得自己耳朵給震痛了，皺了皺眉頭，再說了一次。

班師又反應劇烈，再度大叫了起來：

「你說什麼!?」

羅白乃可火了：「你聾的呀!?這你都聽不到！」

班師板起了臉孔：「你見色起淫心，還敢這樣對師父說話？門規何在！」

羅白乃冷笑一聲：「門規？嘿！」

班師氣得聲都顫了：「你你你，你這逆徒，竟敢藐視祖宗規範!?」

羅白乃肅然道：「不敢。」

班師之獰笑道：「諒你也不敢。咱們門規森嚴，長幼有序。我師父——你師公大手神龍說過：不服從師長訓令，不敬長上前輩，身為門人，目無尊長，罪該重罰：罰禁閉四個月另七天，要不然，杖三十二，除非罰鍰兩百八十兩銀子，才可以替代刑罰。」

羅白乃垂首道：「是，是。不過，師公大手神龍的『神手寶鑒』也有他老人家話語的紀錄：要是師不為師，長不為長，自行觸犯門規，是為：人先自侮而後人侮之，如門內無人敢制裁這等無行長輩，該由門內正直良善之門徒來對之執行家法。」

班師大吃一驚：「我幾時觸犯門規了？你別亂說。」聲都顫哆了起來。

「沒有？」

羅白乃湊近臉。

「沒。」

班師之挺著胸，聲調已弱了大半。

「你借了我的錢，沒還。」

「……我借你的錢，是替你去賑濟華東災民，那是行善。」

「那我沒錢吃飯，誰來賑濟我？」

「借你的錢，是替你積德行好，我、我始終要還的。」

「好，那你借了二師弟三師妹四師弟五師妹六師弟七師妹八師弟九師妹十師弟十一師妹甲十一師弟乙十二師妹十三師弟，不，師妹，十四師弟十五師妹十六師弟十七師妹十八師弟和十九師……噢，這個倒忘了是師妹還是師弟的血汗錢，又捐到那兒去了？」

「我……」

「說！」

「我是做生意。」

「做生意？」

「對，是投資。」

「那賺的錢呢？」

班師大力的搖首，額上的汗已涔涔而下：「做生意當然有賺有蝕的了……」

羅白乃老實不客氣的截道：「那麼，本呢？」

「本……」班師乾咳一聲：「這個嘛，那個嘛……」

「你別這個那個了。你把錢拿去追陳老闆娘，人家瞧不上眼，你就拿去吉祥賭坊，一輸，輸光了，本呢？沒啦——你！」

羅白乃指著他師父的鼻子：

「你對得起我？」

班師之退了一步，掏手帕揩汗：「我……」

「你！」羅白乃又在他師父的鼻尖戳了一記：「你對得起門裡那麼多的師兄弟！」

班師尷尬的堆起了笑臉：「我其實也爲你們好，我的確曾把錢拿去做生意……」

「做——生——意——唏！」羅白乃得寸進丈的道：「有！你是有做生意。你拿了筆款子去米鋪買了三間樓房，不料，蔡京一聲令下，朱勔父子要運花石綱，就把那地方剷平了，你就血本無歸了，你拿什麼來還我們？你別以爲我不知。我知，我只是一直沒說破而已！」

班師又在揩汗，賠笑道：「是是是，對對對，我的錢都賠光了，可不是嗎？拿什麼來還呢？只好過一陣子，過一陣再說吧，好不好？好不好呢？」

「不——好！」

羅白乃義正辭嚴的說：

「師兄弟們還天天期盼著你這個師父投資賺大錢呢！你卻拿去炒房買地皮，賠了個雞毛鴨血的！嗚哇……」

羅白乃張大了嘴巴，一副無語問蒼天的樣子。

班師可提心吊膽，問：「又怎麼了？」

羅白乃欲哭無淚：「我的老婆本，都給你蝕光了。」

班師安慰不迭：「做生意這回事，不是有賺有蝕的嗎？為師今天不錯是賠了，但保不準明兒能大賺！你看，寫詩的，當才子的，連同做官的，全都下海去了；在廟街那個教聖人書的沈老夫子，今兒不是去賣老婆餅嗎？可賺了大錢哩！原來在米鎮的那個梁姑娘，還到妙街去跳艷舞哩……可都賺了不少，過年過節，家裡村裡，手上都是她的禮。你師父我身強力壯，眼明手快，又怎能落人之後，失禮於人呢？你說是不是呀，好徒弟！」

他親暱的拍著他徒弟的瘦小肩膀。

他徒弟卻眼睛都亮了：

「你說的梁姑娘是那個本來在妙街老王井邊左側第一家的那個標緻的梁姑娘？」

「對，很標緻、美貌、文靜的那一個。」

「你剛才說……她現在到了妙街跳……那個什麼舞？」

「對對，跳很艷很妖的那種舞。」

「她？」羅白乃吞下一口唾液，「她在妙街那兒哇？」

「對對對，妙街，唔……」他師父倒有問必答：「妙街怡紅院。」

羅白乃咔咔咔的笑了起來。

他笑起來像貓，瞇著眼瞄著他師父：「聽說，怡紅院裡的姑娘們可真都不賴吧？」

班師之也咳咳咳的乾笑道：「當然了，怡紅院姑娘，不美不收，有才有貌，遠近馳名，老少咸宜，可不是嗎……」

羅白乃忽爾臉色一整：「你說什麼？」

班師之一楞：「什麼？」

羅白乃峻然道：「你這不才是爲老不尊、教壞子孫，上樑不正下樑歪嗎？」

班師愕然。

羅白乃步步進迫：「你看你，怡紅院去過，陳老闆追過，這才告床頭金盡，你騙了咱們師兄弟的錢，還敢說我見色圖不軌？還敢要我視之爲師，待之若父!?」

班師之幾乎崩潰了：「徒弟，好徒兒，你別這樣子嘛，我剛才只不過是跟你開開玩笑罷了，又沒真的責罰你，你犯不著這樣認真可以吧？我借你們幾個錢，雖然有去賭，但確也有去做小生意，我無非都是爲了讓咱們這沒背景沒靠山的小小阿婆劍派能有發揚光大，威盡天下，吐氣揚眉，有權有勢的一日，你又何必太爲難師父我呢？爲師之心，真苦過黃蓮啊！」

羅白乃仍咄咄逼人：「那你也非正人君子，幹啥要我當聖人？一天要我：非禮勿視，非禮勿言，非禮勿行！嘿！要真的遇上非禮，我還真要大叫呢！」

班師真的要求饒了：「你叫，你叫好了，好徒弟，大家一場師徒，又在患難逃亡之中，何必小小事便耿耿於懷，記仇在心呢？」

羅白乃忽爾笑了。

他笑起來憨極了。

像頭會笑的小牛。

「師父，您也別太認真了，我也只是跟您開開玩笑而已。大手師公雖然說過：見色不亂真君子。英雄難過美人關。人生自古誰無死，贏得千古薄倖名。人要正派、正義、正經，不可沉迷於女色，酒色財氣，四大皆空；尤其是色，更是紅粉本骷髏，骷髏乃紅粉……師父，我背的對不對？記得清不清楚？」

「清楚，清楚。」班師之阿諛的道，「一清二楚，你奶奶的，你記性真好。」

「不過，」羅白乃譎笑道：「話確是這樣說，但大手神龍師公他老人家，好像不也是有三個老婆，四個妾侍……」

「嗯……應該是五個妾侍……」班師之悄聲說：「情婦還不計在內。」

「這不就是了，師公真聰明！」羅白乃於是下結論：「師公的真精神乃：做一套，說一套！人性天性，可以遷就，不可扭曲，你儘管做，但不要亂說，這不就得了，也應合了師公他老人家更深一層更高一層的真精神、真內涵了。我們永遠追隨他老人家最高指示的大方向走便是了。」

班師對他徒弟的高見十分苟同，還補充道：「何況，你師祖……」

羅白乃一怔：「師祖？」

「就是你師公大手神龍師父的師父，本門開山祖師爺，《風月神經》的原著者，馮三詩，江湖人稱『三詩上人』。」班師之的眼光裡充滿了崇敬仰慕：「上人說過：『本門心法，不傳邪魔外道，一定要恪守規律，嚴格自制』，但他又有附偈第十三條第一項（丙）曰：『性情爲本，心神爲經；心性之流，浩浩蕩蕩，順之則昌，逆之則亡。』大概指的就是今天咱兩師徒悟得的意思。」

羅白乃當然大以爲然：「所以我們今天都沒有錯？」

班師霍然道：

「對！」

羅白乃更進一步眉飛色舞道：

「我們今天只是在思想境界上更上一層樓而已！」

班師喜然道：

「對極了！」

兩師徒十分振奮，簡直要擊掌爲盟了。

羅白乃忽然不解的問：「既然我們都沒有錯，爲何都沒有錢？」

班師爲之黯然。

這次，到羅白乃攬著他師父的肩膀，表示親暱和同情：

「師父。」

「嗯？」

「有一件事，徒弟不知該不該說？」

「你說。」班師之忽然聰明了起來：「哈哈，敢不情你想託我去向溫姑娘提親不是吧！」

「那兒的話，師父，你別想歪了！」羅白乃慍然道：「師父，我是考慮到你終身大事上咧！」

「我？」

班師之呆了呆。

「對。師父，你可知道：春天來了？」

「知道，春天來了。」

羅白乃指指天邊：

「春風吹。」

班師望望天上白雲：

「春風吹得好。」

羅白乃道：「花開了。」

班師之道：「花開得好。」

羅白乃：「冰融了。」

班師之：「融得好。」

白乃：「鳥在叫。」

師之：「叫得好。」
羅：「心在動。」
班：「動得好。」
「你呢？」
「你呢？」
「我是問你啊，師父！」
「我？」
班師之給問得傻住了。

◇◇◇

「對，你。」羅白乃說，「所謂不孝有三，無後爲大。若論婚嫁，長者爲先。師父，你今年四十有二了吧？春風吹春花開春天來了，你的春心沒動過嗎？但你年紀已近秋天，不，已到了秋決時分了。你若嫁不出去，不，娶不了媳婦，徒弟我怎麼辦？」

班師之一時恍恍惚惚的，還沒回過神來，只漫聲應了一句：

「你怎麼辦？」

羅白乃嘆了一聲，又摟著他師父的肩膀：「師父，我沒有關係。我還年輕，瀟灑，貌美，有才，有勢，聰明，智慧，風流，倜儻……我都不好意思讚自己那麼多，而你徒弟我又是個過份謙虛的人……但你不同，師父，我尊敬你，你拉矢多過我吃飯，失意過多我睡覺，你人生經驗豐富，雖然腦袋依然幼稚，但畢竟已人老珠黃，我看你，得要著急一些，找頭家，不，找個好姑娘嫁過去，哦，假如你有那麼大好像徒弟我的本事，娶過門來也行。別老要我操心您，好嗎？師父！愛在深秋，總好過冷在殘冬？風燭殘年孤枕眠，可不好受啊，師父！」

班師之聽得熱淚盈眶，點頭不已。

然後他徒弟又墜入了尋思裡，兀自喃喃不已：「青春只一次。青春是不經用的東西。寧為情義死，不作冷漠生。姑奶奶啊姑奶奶，妳憂思不斷，何必何苦？何不乾乾脆脆、轟轟烈烈的愛他一場！」

班師之看了他徒弟半天，好像正在鑒定他是不是個怪人、甚至是不是個人似的，好一會才恍悟道：

「難怪春風在吹了。」

「哦？」

「無怪春花開了。」

「唔？」

「春天早就來了。」

「什麼意思？」

「徒弟啊，春天早在你心中了，」班師用手戳戳他徒兒的心口，謔笑道：「你早就春心動了。師祖教的是『四大皆空』刀劍箭槍法，我瞧你只會『四大不空』。可不是嗎？你還想抵賴呢。你根本就對溫柔姑娘動了心、有了意思，是不是？」

羅白乃用眼角瞅著他師父。

瞅著。

瞅著。

很用力的眼神，帶點狠。

好一會，他才哈哈笑了起來：「好厲害的師父，薑還是老的辣，話還是快死的人說得對！來來來，好師父，告訴我，有什麼妙計善策，我可好想念姑奶奶她。」

班師之這才如釋重負，笑呵呵的說：

「我怕教會徒弟沒師父，有了姑奶奶，沒有師父門了！」

「你好徒弟我羅白乃是這種人嗎？師父言重了。」羅白乃打哈哈笑著，自忖道

：「難怪你留了一手，不教我點穴法了。」

然後又哈哈笑，笑哈哈的說：「師父說笑了。」

班師之倒把臉色一凝：

「我倒不是說笑。你只怕……難有勝算？」

羅白乃嚇了一跳，忙問：「你說真格的？」

班師肅然道：「真的。」

羅白乃將信將疑：「你怎麼知道你說的一定對？」

班師凜然道：「因爲我姓班。」

他一時變得雄停嶽峙：「是魯班師父的班，是班昭、班超的班，也是『妙手弄斧班門』的班，我說的話，一定有道理。」

羅白乃倒吸了一口涼氣：「你說。」

班師望定著他，像在授予什麼獨門內功秘訣心法的說：

「你有情敵。」

「誰？」

「王小石。」

然後他下斷語：

「你的境界才到四大不空，他本身卻早就是一個空。」

班師權威的道：

「你，不是他的對手。」

羅白乃認真的尋思了一會兒，然後問：「武功上我不如他，但情場上我也不及他麼？」

這個問題，倒使他師父一時回答不了。

「不管了，」他徒弟說：「只要有機會，我總要試她一試。我是人，他也是人，有什麼他能而我不能、他可以而我就不可以的！何況，我喜歡她就是了，她喜不喜歡我，都不影響我對她的喜歡。」

「有志氣！」班師感慨地道，「可惜就從沒見過你將之用在正途上。」

羅白乃一笑。

牙白。

眼亮。

人開朗。

「這，也就是我做人的樂趣。」

他說。

很自得其樂地。

稿於一九九三年七月十五、十六日：慶均來訊：（一）北京「友誼版」之《傷心小箭》即將出書，款即匯出；（二）楊波、黃澐、孔悅等讀者來函；（三）「神州奇俠」新版本經已付梓，爭取印數；（四）有冒名書《西風冷畫屏》、中國電影出版社盜印《刀》、花城推出多種我作品、《布衣神相》有盜版本；（五）《少年鐵手》、《四大兇徒》、《游俠納蘭》版稅將匯出；（六）大陸有我一人作品專賣書店；（七）湖南文族出版社推出我《吞火情懷》、《劍歸何處》、《游俠納蘭》等均非我所授權之作品；（八）《天威》等書稿酬匯寄方法／方已簽訂租約／重修佛家念力氣功／商報刊出訪問，開始大幅度連載「說英雄」系列第五部／春桂女史來札相約「良友」雜誌寫稿事／方正式遷入「健威」／南方銀行來匯票／陝西版權代理公司沙慶超來函邀代理《六人幫》、《刀叢》、《箭》、《七大寇》等書之版權／廣州讀友李繼榮來函。

校於九三年七月廿七日：與方大牌、孫好色、陳大文、何失匙、陳念珠、梁詃諧、肥仔其、賴俊能十人歡聚於金屋再會總統／琁訊：彭處事快人心／中國文聯出版社尹龍元來函討論推出《今之俠者》事／在「福臨門」喜獲「藍天洞」及「感情用事」／小沈仗義代索《刀叢裡的詩》遭盜版事／廿八日：娥真、梁飛鞋、何蘭水蓋會晤陳勇談《殺人者唐斬》事／「風采」雜誌訪稿圖文並茂／姊電：「新潮」刊我訪問，海病危／南洋刊出《朝天一棍》重頭篇／大馬雜誌首次公佈我和倩分手事／「風采」此起刊載我「談玄說異」專欄文章系列。

第十二章　打男人的女人

一　血腥男子

打從他呱呱墜地始，聽說產婆在他光禿禿的屁股打了一掌，他才哇地哭出了聲之時，接生婦已經是這樣對他下了斷論：

「這孩子血腥味很重。」

大家今天看到他那躁鬱的樣子，也聽說過他身經百戰（他不能夠算是個戰無不勝的人，所以一層一層的打上來，一種功夫一種功夫的習有所成，更是艱辛不易，實力非凡），當然都無有不同意這句話的。

就連武林中人也認爲他是一個血腥味過重的男子。

其實不然。

至少他自己就不認同。

他是常常與人戰鬥。他只能在戰鬥中求長進、精進，他當然也殺過人，但實際上，他殺人不算多。

——比起一般殺人爲樂、嗜血爲雄的武林人，他殺人已算是極少的了。

他相貌雖然兇悍，但卻很少把人恨到要殺了他的地步。一般敵人，他只要把對方打倒了、擊敗了，就已洩了憤。

他脾氣雖然暴躁，但他很少躁烈得非要奪去一個活生生的人之性命不可。一般他不喜歡、憎惡的人，他只把對方教訓一頓、吃點苦頭，只要對方知道駭怕、或向他認輸，他通常就此算了。

他不算太血腥。

他好戰。

好勝。

好鬥——但不算嗜血。

終歸一句：他是好出風頭。

不過，可能人人都認爲他身上「血腥味很重」，而他也以渾身能逼出一股「侵人的殺氣」爲榮，所以，也覺得自己是個「血腥漢子」。

——這樣想，可以使他覺得自重，至少很威風。

他喜歡威風。

他做人的目的，不外是希望有一天自己能威威風風。

威風八面，就是他人生目標和取向。

其實，近年來，尤其是與驚濤書生一戰後，他身上的「天竺神油」味，遠濃於血腥味。

是以，他也給人稱作「神油爺爺」，而不是「血腥漢子」。

但他仍希望自己是個「血腥漢子」。

——彷彿，一個雙手染滿血腥的男人，才能算是個真正的漢子。

一個真正的漢子，自己得要流汗，敵人得要流血。

是的。

敵人得要流血。

一定要流血。

他要殺死他（們）。

他已沒有別的選擇。

他一定要殺死他。

他一定要他流血。

他長途跋涉、風塵僕僕，好不容易才因「大四喜」提供情報而揹上了這行人，這次，他決不放過。

他年紀已大。

他不能功敗垂成。

他再也不能讓擋著他光明前程的人活下去再礙著他的路。

他一定要消除這個障礙，博取相爺的信重。

這是他的頭號大敵。

他雖然跟他並沒有私仇，但他非殺他不可，他跟他好像天生就不能並存似的。

——不然，就是生死之交。

——否則，便是死敵。

你死我亡之敵。

葉雲滅心目中的敵人，當然就是王小石。

◇◇◇

可是，他該怎樣格殺王小石呢？

◇◇◇

他親眼目睹過王小石在「別野別墅」脅持蔡京直至闖出「西苑」那一幕。
他雖然沒有真正跟這個人交過手，但已可從而揣測對方的實力。
但他沒有因此而駭怕。
他反而覺得奮亢。

每次要遇上大事、高手和重大決戰的時候，他都會奮亢莫名。

這種時候，通常他都會特別需要女人。

可是他每逢這種重大關頭，他都特別自制，其原因有三：

一、他不大成，也不大能。「成」和「能」，對一個男人是很重要的事。他雖然武功高強，而且還非常血腥，但做那種事兒，他只十分藥油，有時不成，甚至大多數時候都不能夠。

二、他堅信：精氣一洩，他的元氣就會打了折扣，而且，殺氣頓消，功力也不夠精純了。在這種節骨眼上，遇上高手，他的精神元氣，總要省著點用。

三、他不大願意去勉強女人和他幹那種事，因爲勉強也沒用，他一急就更用不上了；女人也不大願意主動跟他幹那回事，這樣一來，只好召妓，那就更力不從心了；妓女嫌他沒好樣的，也不算多金，身上且有藥油味，刺鼻嗆喉得緊；他也嫌妓女髒：往一個洞裡就塞進去，抽抽送送就了事，事後他也覺嘔心，何況多也無能爲力。

是以，他興奮歸興奮，多只在心裡私下宣洩解決了事。

故此，他就鬱在心頭，更加煩躁了。

他一煩躁，就牙痛。

所以，惡性循環，他長了一副十分惡憎、惡憎的樣子：相由心生，又是一例。

——誰也不知道這樣一個血腥男子、江湖殺手，竟然少殺人、少玩女人，甚至連對妓院也畏如蛇蠍，避之則吉。

有時他自己也感嘆：

血腥漢子，怎可如此！

◇◇◇

他是這樣子，但表面上，他更要夸夸其談，說他當日曾在夏蘭閣如何金槍不倒，所向無敵，昨天已在春牛小築如何獨佔花魁，今晚還打算在秋菊樓包起四位紅牌姑娘，一副威風威得馬上中風也在所不惜的樣兒。

他是這樣，他的四個拍檔可不然。

這四人是：

泰感動

郝陰功
白高興
吳開心
他們都是童貫的心腹手下，外號「大四喜」。

二　除齒無他

爲了要替蔡京洩心頭之忿，王黼、童貫、梁師成、朱勔等在朝中沆瀣一氣、互爲勾結的權臣宦官，都調動了自己豢養的打手、殺手，要取王小石的性命，來討蔡元長的歡心。

他們都派出了各路人馬，有的已出了手，有的已回了頭，有的根本截不著王小石，有的——像這四人，就盯上了王小石這一行人：儘管王小石等人各已作喬裝打扮，但這四人仍然斷定自己沒認錯：

這是正點子。

因爲這四人都是捕快出身的，相當精明，善於偵察追蹤。

他們原隸於刑部，早期是朱月明一手栽培出來的精英，後給童貫看中，收編爲近身部屬。

正如其他人一樣，能成功的促使他們參與追殺王小石及其同夥這種艱巨任務，自然都有讓這些武林精英（或敗類）必然動心、動意的誘惑。

他們給打動的獎賞或許並不一樣，但亦有相近處。

像葉雲滅，蔡京給他的許諾便是：

「你若殺了王小石，以前元十三限的地位就由你來主事，你這位子坐得好，連諸葛正我也得讓你七分。」

這就夠了。

那形同是天下武林第一人了——而且還是皇上認可、御准、詔封的。

至於這「大四喜」，童貫的允諾是：

「你們殺了王小石，你們就是四大名捕。相爺一定成全，我也一定保荐。」

足夠了。

對吳開心、白高興、郝陰功、泰感動四人而言，這是他們畢生夢寐以求的事兒。

——四大名捕，名震天下，黑白兩道，莫不稱頌！

能當四大名捕該多好！

可惜他們想當四大名捕，卻不是去學四大名捕一樣：不諛上虐下，不循私弊法，只爲民興利，彰善懲惡，抑制豪強，嚴刑貪惡，反而去走一條討好權貴，當殺手、打手、劊子手的路。

他們細心研究過王小石可能逃亡的路線後，再細加追尋，終於找到了線索，之後，他們再三研討，也很清晰、理智的反省過，單憑他們的實力，還未必能收拾得了王小石和他的同黨們，是以，他們還需召攬強助。

——強助是要，但不宜太多。

太多人，功就薄了。

所以他們只找一個。

一個真正的強人。

他們選對了：

他們選了葉雲滅。

◇◇◇

郝、白、吳、泰四人在盯上了目標之後，都很能忍。

他們不找女人，不爭吵，不喝酒，沒有異動，是四名標準的獵人。

好獵人是沉得住氣的。

這使得連神油爺爺都有點佩服他們。

這四人畢竟還年輕，居然能這般沉著自制，不毛不躁。

他自己至少就很奮亢。

而且躁鬱。

所以牙很痛。

——痛得使他恨不得把嘴裡的牙齒都拔光算了。

有時一旦牙痛起來，頭跟著也痛，真是心無大志，心灰意懶，除齒無他。

他卻不知道：眼前這四個人，早在做這件事之前，已糟蹋、蹂躪、輪姦、凌辱了不少女人——而且還是童貫示意讓他們胡搞的，而女人大都是朱勔給他們獻上的、送來的。

有這種叱吒天下、當權蠹同的人物爲他們撐腰，以壯行色，他們當然無所不爲，無惡不作。

實際上，就算是一路上，他們也做了不少這種勾當：

白高興喜歡處子。

他強姦她們。

吳開心喜歡婦人。

他以殺掉她們丈夫爲脅，莫不相從。

泰感動不太喜歡女子。

變童就成了他的禁臠。
郝陰功則什麼女人都喜歡。
他喜歡折磨她們。
很少（女）人能在他們蹂躪之後得保性命的——就連她們的親屬家人亦然。
不過，當他們一旦要辦事（正事）的時候，就可以暫時抑制、辟除這一切惡習。
只辦事。
他們要專心把事情辦好、辦完再說。
——只要把事辦好，何愁沒有女人？再荒唐、縱慾、宣淫的事都在所多有。
所以他們的壓抑不是為了自制，而是為了儲備日後可以更縱情恣慾的實力。
這是葉雲滅認為幾個年輕人很沉得住氣，難得不酒、不聲、不色。

◇◇◇

與人合作辦事，其實最重要的，就是對合夥的了解。
不能了解就談不上信任。

無法信任就辦不了事。
可是，大夥一起合作辦事中最困難的一個環節就是人的問題：
——人事，永遠比做事更費事。

溫瑞安

三　決鬥？來吧！

——如何殺死王小石？

五個人，有五種不同的意見。

「把他引出來，單對單，」葉雲滅覺得自己輩份比較高，武功也絕對比那四個才破殼的高明多了，所以他發言時所採取的姿勢也相當高：「我一個就可以收拾他。」

郝陰功不同意。

「你要殺一個人，目的只是要他死；你要一個人死，一對一的決鬥是最壞的方法。」

他話說到嘴邊，已把「笨」字改成「壞」字，但還是令葉神油低吼了一聲，那藥油味可就更嗆鼻了。

「大四喜」畢竟都是江湖人，他們都曾受過傷，乍聞到那藥酒的味道，使他們曾經受過傷的骨骼都禁不住呻吟了半聲。

——至少，他們心裡已然聽見，一清二楚。

泰感動也表示了意見。

「葉前輩的英雄風範，是我輩望塵莫及的。只不過，對付王小石這種卑鄙的小人，光明正大的單打獨鬥，反而容易爲他所趁，咱們在暗他在明，若不圖這個方便，萬一誤了相爺、將軍的任命，那可真是天理不容。」

葉雲滅沉默了下來。

也沉下了臉。

話是中聽了些，而且後半段的話說得格局太大，他不想揹這個鍋。

吳開心適時的說：

「跟王小石在一起的，都是爲非作歹之徒，而且窮凶極惡，不好對付。咱們用毒，在他們食物、飲水裡下毒，全毒死了省事。」

葉雲滅濃眉聳動了一下。

白高興則認爲：

「該用迷藥。趁他們歇下了，我用迷魂藥吹進去，他們一個個軟趴趴的趴下了，那就任我們收拾了。」

郝陰功剛才只批評了葉雲滅的主張，他可還沒提出方法，現在作出補充：

「炸死他們。」他陰咧咧的說，「把炸藥埋在路上他們必經之地。我有辦法弄到炸藥。」

泰感動另有妙計：

「他們在眼前七八天內至少要渡三次河。我熟水性，鑿穿他們的船底，看他們死也不死！」

辦法是有了。

一、毒藥。

二、迷藥。

三、炸藥。

四、沉船。

四個都是好方法，也是最歹毒的方法。

他們都望向葉雲滅——畢竟，他是前輩，他們希望他能在其中選一個，或者選四個，最好，把選擇的權力交回他們四人。

「用毒的、使迷藥的、炸得人粉身碎骨的、鑿船溺水的，什麼都用上了；」葉神油在這四個人面前，忽然生起了一種自己不曾有過的感覺：那是一種神聖的榮光，使他感覺到原來自己是個人物、是條好漢，不覺很有些陶陶然：

「我也知道王小石不是什麼好東西，但我要殺他，便是殺他，絕不做偷偷摸摸的事——那種事，比較適合你們來幹！我只適合決戰。」

「大四喜」面面相覷。

白高興試探的說：「前輩何必爭這口氣？殺了王小石就是了。」

葉神油道：「不是爭氣。要殺人就得要有殺氣，偷偷摸摸的，只能偷雞摸狗，憑什麼殺人？」

吳開心試圖勸服：「葉爺，反正達成任務就是了，管他用什麼手段呢！」

葉雲滅反問：「若你為了要銀子，叫你媽去當娼，可不可以？」

泰感動笑著把話題岔開：

「他們人多……我們是以寡擊眾，自然要用點取巧之法。」

神油爺爺仍說：「一個人取巧多了，難成大師；做事取巧為主，難成大器。」

郝陰功陰惻惻的道：「王小石可不是個易惹的人，你算算看：元十三限、六合青龍、傅宗書……全敗過在他手裡，連相爺也曾為他所脅，你真的要跟他們決鬥？」

「決鬥？來吧！」神油爺爺葉雲滅豪氣三萬丈的道：

「我只怕沒有好的對手。」

郝、泰、吳、白四人又互覷了一眼。

他們繼續跟蹤王小石等一行人，並且感覺到似乎還不止他們這一路人馬捎上了王小石等人。

有一票人馬他們很快便摸清了底，知道了來路。

另一幫人（或一個人？）他們則完全一無所知。

——甚至不知敵友。

他們決定要先行動手：以免給人佔了功、搶了大好前程。

對於葉雲滅的「英雄對決」，他們當然也有過計議：

「那老不死以爲自己是英雄！他？我呸！連我褲子裡的都不配，他只是個狗奶奶的熊！」泰感動在葉神油面前最溫和，私底下卻最是激烈。

「好狗不擋路！他要死去死好了，卻偏礙著咱們的財路、前路！」郝陰功也對葉雲滅頗爲忿慨。

「他只是沒轍，不自量力，可是沒擋沒攔，他去決鬥他的，送他的死；咱們照舊依計行事，要王小石的命。」吳開心在說好說歹，「我們幹我們的，誰先殺了王小石便是誰的功。」

白高興忽爾反問了一句：「要是先給他得手了呢？」

三人都怔了一怔，郝陰功陰狠狠的道：「他？老掉牙的死剩一口氣的，他有這個能耐？」

白高興問：「要是他真能呢？」

泰感動哂然：「咱四人聯手還鬥不過老烏龜麼？」

白高興仍問：「要是他真的比咱還來個先下手爲強呢？是不是頭功就讓他給獨佔了？」

三人靜默了一會。

還是吳開心說話：

「要是他能，我們就把他宰了，功勞，一樣是我們的。」

白高興這才點點頭：

「我就等這句話。」

他已等到了這句話。

他們的議論就從這句話題上發展了下去：

「既然老不死想自己動手，咱們不如先讓他動手好了。」

「對，他要是失手，那是他的事；他要是得手，就是咱們的功。」

「殺王小石難，殺老烏龜卻易。」

「所以，何不讓他們先行決一死戰，咱們再來收拾殘局？」

他們決定讓葉雲滅打前鋒，沒想到第二天神油爺爺卻來問他們：

「你們決定好了沒有？」

「決定了什麼？」

「用那一種方法對付王小石那干逆賊呀？你們不是商討了整晚了嗎？」

「我們？」

四人又互覷一眼，仍是由白高興說：

「我們決定遵照葉爺的意思，讓兩位英雄公公平平的作一次決鬥。葉爺神勇蓋世，必勝無敗，萬一失利，也有咱們四個後輩挺著、扛著。」

「謝了，四位好意，我心領了。」葉雲滅嚴峻而凌厲地道：「昨天我提出獨戰王小石的建議，只是要試試你們也有沒這膽氣，公開跟王小石決一死戰；沒想到你們年富力強，猶不敢正面交鋒，我還爭箇什麼?這樣吧，照你們的意思，用毒的用毒，下藥的下藥，扳不倒他，我自會撐著你們，拆脅骨給你們作骨頭，光明正大的給王小石好看，你們懂了吧!?」

四人你看我、我看你，齊聲應道：

「懂了。」

◇◇◇

「懂了!當真懂了!」

四人私下跺著腳兒咒罵。

「這回可當真懂了!」

「薑還是老的辣!」

「不!這騷爺既愛爭氣，又愛掙面子，回去思慮一夜，還是怕死，既要用我們之計，又自恃身份，裝個聖人模樣兒，比我們還歹!還不要臉!」

「虛僞!」

「卑鄙!」

大家忿忿不平、大罵葉神油之際，都忘了所有的毒計、陰謀，其實都從他們腦袋瓜子裡想出來的，嘴巴裡說出來的。

四　來分勝負吧

其實，葉雲滅心中也有一個計議：

對付王小石，最好的方法，也許反而不是決鬥與暗殺。

他覺得王小石最大的破綻，便是他的朋友；更要命的是：王小石是個愛朋友而且是極愛交朋友的人。

葉神油一向以爲：一個真正的高手不應該有著太多的愛，太豐富的感情，因爲那只會害了自己，心有旁騖。

真正頂尖高手應該精專於自己的武功上，他若在別的事情上花越多心力，對自己最該做好的事便一定做得不夠好。

所以王小石是有缺點的。

葉雲滅身經百戰，雖然自負自大，但決不是個沒有自知之明的人。他自度自己或能打敗王小石，但絕無十足的把握，所以他更要令自己堅信：他一定能打敗王小石的。

不過，王小石身邊的手下、部屬，卻良莠不齊，甚至可以肯定：這些人裡沒有任何一個可以是他之敵。

如果是他，不管在逃亡還是闖蕩，他可不願意帶著這麼一干拖累自己的包袱在身上。

所以他覺得王小石「拿得起，放不下」，頂多是個人物，不能算是頂尖高手。

——一個頂尖高手，是什麼都可以爲目標而放棄、犧牲的。

（像他自己這樣，才是。）

（他年輕的時候，很怕「大器晚成」四個字，但年一過三十五後到現在對這句話的感情，如同救命恩人。他覺得自己日後會更有成就，且一路成就、成功下去。）

（——尤其在成功的殺掉王小石之後，特別是在殺了王小石開始：這才是他名成利就、位高權重的歲月。）

要王小石的命，只要先去要他身邊朋友的命，王小石必然疲於奔命，對他而言，這才是真正要命的。

這一路上，他曾細心研究過王小石的生平資料。

他雖然自負倨傲，但對付王小石這等人物，他可絕對不會因對方年輕而小覷了他。

何況，他雖然跟王小石一招也尚未交手，但他親眼目睹王小石以一弓三矢脅持蔡京，在眾多高手寰伺下以一人敵千軍之氣之勢，他羨慕得十分痛恨。

當時，王小石才一出現，他已立意要跟他決死戰。

可是王小石沒有看他，沒有理他。

葉雲滅一直把自己當作是一個天底下、天地間、大地上最特別的人，但在王小石的眼裡，就算不是完全沒有他，至少也是跟當其時在場的眾多高手中沒啥兩樣的人。

——王小石居然沒特別看上他！

——而他是個世上最特別、最出色的人，他走每一步都有龍虎之勢，他連笑容的唇角都往下拐再向上翹那麼一丁點兒立即又再向額角抿緊，他就算連托下巴也比人威嚴而有殺氣……然而王小石竟然沒特別把他放在眼裡！

那天在「別野別墅」裡，他在王小石一出現時就準備動手，雖然全場中他連一招都沒機會真的招呼在王小石身上（出手一拳也給鐵游夏擋去了，到現在，葉雲滅的胃口仍然不好，常做噩夢，而且牙齒都有鬆脫欲落的現象），但在他心裡，早已跟這個人打了七八十場大戰，七八百回合了。

可惜都只是面對他的背影。

甚至連續過去下面交鋒的機會也沒有。

他覺得這是個侮辱。

好大的侮辱。

他不會輕敵，更不會輕覷了王小石的年紀，事實上，也不容他再輕蔑敵手在年齡上的優勢：以前，他就在遠比他年輕的驚濤書生手中嘗過敗績。

他要對付那個人，自然會研讀他的資料：別人以爲神油爺爺葉雲滅只會囂張狂妄，目中無人，但他其實在暗底裡是下了苦功、熬了不少苦頭的。

有時候，自大是對自己必要的欺騙，自負也是。因爲有些人，若連這個也沒有，就什麼都沒有了。

自卑得可憐。

自卑本身就是很可憐的事。

對葉雲滅而言，他只有整天覺得自己已經取勝了打贏了，成天認爲自己已成功的擊敗了打垮了對方，他才會有信心以及開開心心的活下去，否則，連做人的勇氣只怕也蕩然無存。

有一種人就是這樣，他非得要想像自己已經取得勝利獲得成功不可，甚至還得成天掛在口邊筆下，不然，就完全失去了戰志和鬥志。他必須要想像自己能一拳打掉對方全部牙齒並吞回肚子裡去，雖然，其結果可能是他給人一拳打落所有的牙齒並吞入自己肚子裡，但要是連這幻想也沒有，他的下場就一定會是給人一拳連牙齒打脫並全吞入肚裡。

的確，想像自己已取得成功，就是通往成功的一條捷徑；幻想自己會得到勝利，正是最終取得勝利的快道。

他雖然一直不斷的告訴自己：我一定贏，我一定勝，我一定能打倒王小石。可是他也很踏實的研討王小石的性情和事蹟。

既然已下令他追殺王小石，蔡京已著人（包括管事孫收皮）提供了王小石的不少資料，何況，泰感動、郝陰功、白高興、吳開心一路化身喬裝，捎著王小石等一干人，自然有他不少最新消息、最實際的資料。

譬如：王小石一向喜歡吃。他很講究美食。但他的所謂美食，不是去吃山珍海味，珍饌美餚，他只是吃他喜歡吃的。只要把菜燒得好，他就喜歡吃。他喜歡吃的菜可能只是蓮藕、豆芽、鹹菜、韭黃、韭菜花、鹹蛋、雞腸、鴨腎，諸如此類的小菜。

而他從不願吃任何為他殺生的動物。明顯的，王小石什麼都敢吃，而且從不擇食。舉凡飛的、爬的、走的、跳的，有尾的、無尾的、有殼的、沒殼的、動的不動的、能喫的他都能下肚，而且能把難食的東西吃出其風味來，更善於加上一些例如醬油、蔥薑等調味品，就能把原來的寡、燥、無味的食品轉為津津有味，把難食的東西化腐朽為滋味；更特別的是，他無論在得志、失意之時，都不浪費任何食品（且不管名貴的還是廉宜的）。

他愛吃、好吃，身形在近年還有一點點兒發福，但更清爽俊美，可愛親切，但他不浪費食物。

從不浪費。

他甚至認為浪費是一種罪過。

——誰在奢侈、浪費，其實都是罪行。

所以他瞧不起蔡京、王黼、童貫這些人窮侈極奢，盡空國力。

就算對方是九五之尊、宰相皇帝，他都如此看法——或許因此之故吧，蔡京設計他殺了諸葛先生，就會重用擢拔他，但王小石最終卻反過來殺了替蔡京為虎作倀的傅宗書。

據說：王小石不吃任何為他活殺的動物，是因為他不想造這個孽。他雖愛吃素，但並不是長年素食的人，他也吃肉，且吃得沒有禁忌。只不過，只爲了自己食慾，就要把活得好好的動物，用手一指，立刻，游得好好的魚、與世無爭的龜、小巧可愛的果子狸，立刻都給活殺剝皮，鮮血淋漓，只爲了人的食慾——而偏偏人可食的東西多得很，卻不見得施予牠們一些，而牠們從未傷害過人，而且牠們可食的決不如人的多——誰有權力要任何生命死便死、活便活？

王小石覺得人才是最殘忍的動物，而且對生殺大權的操縱，遠超於其應有應得的本份。

葉雲滅對這研讀過，並且根據自己的推理聯想過。

他所選取的想法跟郝、吳、白、泰四人當然很有點不一樣。

他們四人收集王小石對食的喜惡，原因是爲了便於下毒。

葉雲滅開始是爲了要打敗這個人，但研究研究著，他已對這年輕人產生了興趣。

——這樣婆婆媽媽的善心人，在這波詭雲譎的江湖裡，能活嗎？能成功嗎？能安然無恙嗎？

當然，資料的來源很廣，蔡京一早已著人收集王小石的種種事蹟——尤其王小石在「金風細雨樓」當事的那一段日子裡，「情報」也特別好找、易得。

他把部份資料叫人謄寫一份，送給了葉雲滅，並說：

「這是極珍貴的資料，有了這些，殺王小石就像在自己家裡抽屜找自己的印鑒一樣，我是因爲信任你，才提供這些，你好自爲之。抄寫的是孫總管，他也寫得一手好字，費了不少時間。唏，看來真該叫人花些時間，看能不能研究出這什麼奇巧的事物，能夠不必抄寫就自會複製一份的好玩意來！」

這樣說法，好像也有：「若如此還殺不了王小石，那就該死」的意思。

葉雲滅當時心裡咕噥：找印章不難，但若要在抽屜裡找些針啊紐的，有時還真不易，有時可能忘了放那兒了，有時萬一不小心還會給扎一記呢！找人研究發明？這些人不都全給你們徵用爲搞些新花樣讓皇帝開心尋樂去了，那有餘力幹別的！

在王小石飲食習慣的情節上，比較便利於「大四喜」下毒落藥，但也有其他十分有趣或可供參考的，例如：

王小石喜歡收集石頭。

——這可能是跟他名字有關之故吧？聽說叫謝豹花、林投花的特別愛花，叫張大戶、王百萬的特別有錢的道理是一樣的。

不過，經過在武術上艱苦鍛煉才尋覓出自己一條路向的葉雲滅，很快的又思省出其間的相異之處來：

王小石愛石頭，他卻從來不特意收集名貴的石頭，而且也從不奪人所好，從沒做過類似趙佶、蔡京、王黼那種：「那個地方有美玉奇石，就不惜代價、不顧一切佔爲己有」的事。

他愛石頭。只要是罕見、少有的奇石，他都收集。

但那不一定是名石，更未必是價格高昂的石頭。

那怕是一塊小小的、平凡的石子，只要他認爲其顏色、形狀、質地有任何特殊之處，他都會收拾起來，反而對那些價值連城的美玉奇石，他不屑一顧，也從不作勞民傷財去掠奪什麼名石瑰寶的事。

——這個特性，就算在他獨力主事「金風細雨樓」時，也依然故我，不侵不掠，只把他自行收集的大小「奇石」，用以鋪「風雨樓」的路，而其中較爲珍奇的石子，他都用來把本有七層的白樓，再多建了兩層。

他用這些收集經年的石頭以鋪塔，許多人都認爲不值得，王小石卻公開宣稱：「值得。世上除了情義最可珍可貴之外，最重要的資產，就是資料和書。」他說，「沒有了資料，前人的經驗都得斷喪了，那多可惜呀。人生是一條從錯到對的路向。一開始什麼都是錯的，人用一切和一生的努力，才把它弄對了；一人弄對了幾條小路，今日才能使大家有這麼條康莊大道，至於書，更是人智慧的結晶。我用心愛的石子是爲這些最寶貴的事物多砌兩層，是最值得的。」

聽說，在場的人，除了楊無邪之外，誰都聽不大明白王小石的話。

事後，這話傳到蔡京耳中，他冷哼一聲對此下了判語：

「王小石在收買人心。」

總管事孫收皮不大聽得懂蔡京的意思，不知他爲了討好蔡京還是他真的好學不倦、勇於省思，他也紀錄了他向蔡京請教：王小石怎樣用石子收買人心？石頭如何收買人心？

「他可不是收買一般人的心。」蔡京的回答是：「他知道歷代史家都推崇尊重讀書人和整理經籍的人物，而鄙薄焚書坑儒殺害讀書人的人。所以讀書人最小氣，最無容人之量，最誇誇其言但成不了大事卻又不許人批評。你看，前朝王荆公，有學問了吧？也不是一樣容納不了異議！先后寵臣司馬溫公，更有大學問，但也一樣聽不了新見。王小石聰明，他用自己收集的石頭起書齋檔案文庫，不花幾個錢，卻討好了人心，收買了書生之輩。」

不過，據紀錄，王小石收集石頭，是從小開始的事。

他好讀書，也是從小的習慣。

他的出身並不算好，父母並不鼓勵他讀書，但他天生好練武、讀書、交朋友、收集石頭。他甚至還喜歡鼓勵身邊朋友多讀書，引誘勸說他們向他「借書」：

「借書」是有代價的。

——「代價」便是一顆奇特的石頭。

那樣一塊石子，從那兒拾來都可以，王小石似志不在「石」，而是在他要朋友鄉里以「石」換「書」的過程裡，去珍惜「書」，並體悟「這是要付出代價才能換取」的態度。

直至而今逃亡的路上，王小石看到美麗、獨特的石頭，仍然會為它駐足：彷彿他在感嘆，這麼塊天地造化萬端獨有的奇石，怎麼會流落在這兒？怎麼無人理會？經過什麼樣的天機，才能教他遇上：這塊石頭？

王小石也喜歡住客棧。

他竟戀棧客棧。

像那麼個常常流浪的人，他居然很喜歡客店——不管大的、小的、豪華的、簡陋的，他都不嫌棄，不生厭倦。

他喜歡住店。

而且喜歡住店的那種感覺。

——也許，他天生就是一個流浪的人，天生就沒有家，所以，客棧就成爲他那麼一個浪子的家了。

他還跟他的兄弟說過：

「每一個客棧是每一個故事，每一間房都有一段情節，其間有悲歡離合、喜怒哀樂。你看，大客棧每天晚上點亮了多少盞燈，那裡邊有多少故事？小客棧每日晨出暮入，有多少情節？住進去，只要是一間房，好像就跟先前的人、後來的情節，全都揉合在一起了；那就別說融會、洞透了，就算想想，也令人追迴、神往。」

那是王小石的想法。

——對葉雲滅而言，那是相當荒謬的：

住店就住店，有什麼好想像的！

奇的是：王小石儘管喜歡住店，卻很少露營。

在他生平裡，很少有露營的紀錄。

浪子可不一定在日落之間找到落腳之處的。

浪人不一定有「家」可容的。

——王小石爲何不餐風飲露？那樣不更詩意、更自在嗎？

（莫不是他以前曾在露營的時候，給一隻蜜蜂飛進帳篷裡去，在他鼻子上叮了一口；還是帳子沾了營火，燒著了，把他燒得一屁股焦了，他這才不喜歡露營、架帳？）

葉雲滅看著看著王小石的生平資料，也不覺爲這個人的種種奇趣、好玩事蹟所感染，神思恍惚間，居然也神馳入冥的想到了這兩個荒唐的可能。

當然，這對一生、一直以來都很古板、火躁的葉神油而言，已算「妙想入魔」了。

他的思潮才約略那麼脫離了軌道一下，立即就告誡自己：

怎麼神思恍惚？嘿！別中了那瘋瘋癲癲小子的毒！

——到底是中毒、還是影響他生起了一種更新更有趣的想法，那就見仁見智了。

王小石還有一個特性：

霸氣。

這乍聽是矛盾、對立的，因爲誰都知道：王小石是個親切的人。

——霸氣與親切，似兩種相悖的特性。

可是王小石偏生就存有這兩種特性。

他很「霸」。

——一種小孩子的那種「霸」。

不傷人、帶點賭氣、十分聰明倔強的「霸」。

他跟蘇夢枕、白愁飛的「霸」是不一樣的。

白愁飛也霸。

但白愁飛更彰顯的是「傲氣」。

他很自負。

他的霸氣乃來自於自負。

——一種「人皆不如我」、「不許天下人負我」的傲慢心態。

他的霸氣淩厲如劍。

一切兩段。

一劍奪命。

白愁飛就是這一點「霸」，帶點冷，十分傲。

那是不讓你有反攻餘地的霸。

甚至連商量餘地也無。

——他霸，是因爲你不如他。

——他比你優秀，所以他霸。

如此而已。

蘇夢枕也「霸」。

他的霸並不外炫，但浸人、也侵入。

他不止是冷，簡直是寒。

陰寒。

他說的話，就是命令，不但沒有商量餘地，連置喙的機會也沒有。

儘管他說話的態度是跟你商議討論的，但其實他說出來的，已是決定，已是總結，更是命令。

蘇夢枕的「霸」並不是力拔山兮氣蓋世的那種人，他只是火。鬼火。

——一種冷的、陰的火。

他的光芒並不灼人。

但一燒不止息，把人燒死才熄。

所以，他與人商議時，一切心裡早有了分數，早已有了計議。誰也難以影響他的決定——除非那是比他更好的意見。

是的，他善用人。

擅用人材。

所以他能雄圖大舉、創下「金風細雨樓」的巔峰事業。

白愁飛太傲。

他恃才過甚，雖有人能與之共事共議，但他也確有過人之能，好像只要他在那兒一站，誰都不能與之相提，不能跟他並論，誰都只成了配角，過來陪襯他、協助他、支持他一樣。

他可不止是唯我獨尊，簡直還唯我獨傲。

他的霸是日麗中天、旁無他物的。

他少與人議事。

因爲他知曉：與庸夫俗子議論，只浪費自己時間、心力，不值得。

不如獨行其事。

他只下命令，不商議。

他覺得沒有他解決不了的事，而又沒有他不及的人，所以與人謀事，不如他一人擯起，更直截了當。

王小石的霸氣是好玩的。

他大事不霸，小事卻霸。

他會爲：眼前經過的女子，究竟漂不漂亮？該穿長裙的好？還是穿白衣的好？會與部屬爭論不休，鬧得箇臉紅耳赤也在所不惜。

能爭論，就是當對方的意見是意見。

——不聽意見的，根本不允許有爭議。

他凡舉大事都先聽各路意見，但一旦下重大決定時，他又頗能堅持己見。

而且還多先有了定見。

王小石如果認爲自己錯了，就會坦承錯誤；但要是覺得自己是對的，就一定會力爭到底。

他不隨波逐流。

但肯隨緣親和。

他絕不人云亦云。

但卻一定雅納廣言。

——「金風細雨樓」裡：王小石、白愁飛、蘇夢枕三人都「霸」，但其「霸氣」都更有分別，並不一致，也不一樣。

◇◇◇

把資料閱讀到這裡的葉雲滅，鼻子重重的哼了聲：

霸？

——若論到霸，這幾個小毛頭算老幾？

他才是真的霸。

他明知自行獨戰王小石是不智的，而且很容易便會為「大四喜」那四個宵小之徒所趁，他也明白自己只要釘準了王小石的朋友（尤其溫柔）便是已扣死了王小石的咽喉，但他還是想要和王小石一拚。

他年紀大了，歷挫敗無算，但仍有一種：「來分勝負吧」、「來定生死吧」的勇色豪情。

他覺得自己才是真的霸。

他是「神油爺爺」。

他是「當世六大高手」之一。

他可不願作那宵小所爲。

所以，他，決定，要，找，王、小、石，決　一　死　戰　！

五　難道她是你大姐

其實「大四喜」也覷出了王小石的「要害」：

——那就是王小石極重視他的朋友，極愛護他的朋友。

誰跟王小石交上了朋友，都像積了八輩子的福，因爲他會照顧你一輩子，你有難時他幫你，你需要溫情時他溫暖你，你受人冷落時他支持你，你讓人誤解時他瞭解你；他很有地位，你可以他爲榮；但他又完全不自恃身份，持平相交。誰有了他這樣的朋友，好像就可以永遠不必擔心自己會勢孤力單，會孤軍作戰。

可是，在泰感動、吳開心、郝陰功、白高興而言，卻是另一種看法和說法。

白高興認爲：「這是王小石的缺點。他若沒有這個弱點，他現在仍穩坐『金風細雨樓』這總瓢把子的大位，誰也不能將之動搖分毫，又何苦今日逃亡、流亡天涯！他保住了兩個窩囊廢，自己卻成了流浪漢！」

吳開心完全認可他的看法，所以補充：「所以我們絕不能讓葉神油知道王小石這個特性；要不然，他準能制住王小石。」

郝陰功卻有不同的看法：「這雖然是王小石的缺點，卻也正是他最大的優點：你沒見到多少江湖漢子都甘心抵命的為王小石賣命嗎！」

泰感動也有新的觀點：「別以爲對付得了王小石的朋友就能對付得了他。梁阿牛是『太平門』好手，他的輕功和腳法都極不易對付。何小河就別看她是女流之輩，她對江湖上的事物可通透、通熟，是個老江湖，手段陰狠，只怕並不排在咱們後邊。方恨少像獃子，但身法、武功均十分飄忽，不易應付；唐寶牛已成了半個白痴，但這人一旦發作起來，力大如牛，敢拚不要命，也不好惹。唐七昧的暗器，已練到憑嗅覺、聽覺、觸覺出手，惹不得。至於那對師徒：兩人都瘋瘋癲癲的，但長的那個確有兩下絕活兒，幼的那個還真機靈狡猾，況且他們跟王小石交情不深，制住了也不見得能要挾王小石。只有……」

四人互覷了一眼，都不約而同的說：

「溫柔！」

白說：「溫柔在這些人裡，是最弱的一個。」

郝說：「偏是溫柔是王小石最關心的一人。」

吳說：「所以我們正好可以針對溫柔下手。」

泰說：「而溫柔也確是最易下手的一個。」可是他語音忽然一轉：

「但我覺得有更好的對象可以下手。」

三人都問：

「誰？」

答案是：

「那對師徒。」

「爲什麼？」

「他們跟王小石等人並無深交，只是一道逃亡，相濡以沫。咱們一旦能打動、收買了這兩人，無論下毒還是下藥，王小石這一干人如同在衣襟裡塞了條毒蛇，咬不著也讓他手足無措。」

吳開心不甚同意：「班師師徒既與王小石這干人沒啥交情，王小石可能也一直防著他們，咱們就算策反得了那對古怪師徒，只怕也不見得能見功收效。」

白高興卻認爲大有可爲：「不管如何，讓他們先來個窩裡反，讓咱們來一招裡應外合，不是好事，也有好戲可瞧。」

郝陰功還是覺得這對師徒留著禍害：「我看要收買這兩人，只怕打草驚蛇，不如殺了乾淨！……倒是溫柔和何小河，一旦事了，得留下來，好好享受享受。」

泰感動臉肌一陣子搐動：「女人禍水，何小河是妓女，溫柔曾害得『金風細雨樓』好幾個人都爲她喪了命，更沾惹不得！」

「誰說沾不得！誰說要她們的命？」吳開心這回可大大不開心了，「咱們就不可以先沾了玩了，當當咱們的新歡押押寨，豈不舒活得緊！她們就是我們這次行動的額外獎賞，豈有白白放過的？她難道是你大姐不成？」

泰感動一陣激動，牙齦搐動，就要發作，白高興勸止：「大家別鬧僵了。只要殺了王小石，這兩個女子，先留著，玩夠了，便殺了，這樣不就好了嗎？」泰感動仍繃著臉，說：「你們太好色了，總有一天，咱們的交情要毀在女人的手裡！」

郝陰功冷笑一聲：「我知道你不喜歡女人，我們可不。女人可不。我就愛玩女人。我可沒你那個怪味兒。」

泰感動自喉頭裡低沉的吼了一聲，還待爭辯，吳開心忽「殊」了一聲，只低聲疾道：

「你們看！」

看什麼？

——不止看，還有聽。

「啪」的一響，有人正吃了一記耳光，在很遠的地方。

捱了一巴掌的，竟是王小石。

打他的，竟是個女子。

溫柔。

大家有點吃驚，有些兒意外：

溫柔竟然打人。

她竟是一個打男人的女人。

她打的還是王小石。

他們是在一座外表看去僅九層，但內裡實有十七層的古塔俯瞰：不遠處有一座寬闊古雅的寺廟。

溫柔和王小石正在寺廟的院子裡、韋馱神像前、一棵菩提樹下好一陣子了，也不知是在喋喋細語，還是爭論些什麼。

然後，倏地，溫柔就出了手，摑了王小石一記耳光。

那記耳光的確很響。

大家都不知道溫柔爲何要打王小石的耳光，也不明白王小石到底做了什麼事說了什麼話使得溫柔要摑他耳光，更不清楚王小石爲何竟避不了溫柔的那記耳光：

——或許，王小石避不了的，就只有溫柔打他的耳光。

——也許，溫柔誰也打不著，卻只有王小石她能隨便就給他一記耳光。

這使得在塔裡暗處監視盯緊諸俠在那明孝寺一舉一動的「大四喜」，不免諸多猜測，諸多想像：

溫柔居然是一個打男人的女人。

王小石竟然是一個吃了女人耳光的領袖。

——她爲什麼打他？

——他爲啥給她打？

稿於一九九三年七月廿九至卅一日：與方娥真、孫益華、詹漢威、何包旦、梁四應等看查「鐵板神數」／聯繫勇，有趣／，收到中國友誼版《溫柔的刀》／沈兄編《四大兇徒》一書內附有介紹、書目／成 AI 會員／孫打包請宴於彩蝶軒／梁何大罵架，孫聽喋喋喋／溫方孫何余麒詹梁凌歡聚於榕苑，金小名又發明「超新溫派武俠門書名人名大法」／六月回馬行之耕耘迄此已全「開花結果」／陳墨君來信／武俠世界始連載《箭》／方嘻嘻此趟來港之最後一夜／與君能破嗔為喜，手拖手行街街／新潮刊出訪稿「名人講古」／得寶石「大俠傳奇」、「彩衣」、「性情中人」／方小弟來港一個月平安返馬／得芙蓉晶「風花雪月」、奇石「藍牙」、「窟中祕」及三佛牌／送方蘭君機／商報刊《棍》篇幅佳／三姑、七姑、四叔公等在總統為方丁丁丁丁丁餞行／小撩船／灰出事。

校於九三年八月四至五日：上海第一師範女讀友陸曄

來信相告：有我冒名書（溫瑞宗、湯瑞安等）有《情魔劍》、《江湖至尊》、《吉祥如意跑了仙》等／何人可查得《華文文學辭典》收入我之資料／海天版《刀巴記》收入二篇介紹我之文章／山遭問話／榮德來傳真要推出《溫瑞安超新微型武俠小說集》及《溫瑞安微型武俠精品選》和《溫瑞安純文學作品集》與《溫瑞安妙語錄》／江蘇文藝寄來《傷心小箭》／魚尾弟寄來「天下」提我片段文字／何梁與四川成都張達揚、汪蓉霞等大致達成出版《布衣神相》、《白衣方振眉》之協議／白雪雪暴斃／生活秩序大顛倒，日以作夜。

第十三章　打女人的男人

一　因仰望而受傷的鞋子

打王小石的是溫柔。

她故意的。

◇◇◇

蓄意傷人是犯罪的——不管在那個時代，只要有法律的地方，都一樣。

可是女人則不一定。

尤其是漂亮的女人。

有時候女人的嗔，是另一種喜；有時候她的怨，是表示了親；有時候她罵你，可能只是爲了關心你；她摑你，說不定就只爲了她喜歡你。

女人的嗔怒喜悲，都是說不準的：

她不高興的時候，可能表現得很憂鬱；她悲傷的時候，卻笑得比一朵花還燦爛。

那是沒辦法的事：

男人遇上不開心的事，可以酗酒、賭博、找女人，遇上不喜歡的人，可以飽以老拳、惡言相向，然後又大可一笑泯恩仇。女人呢？難道叫她去打她的男人？

虛飾，本來就是女人的武器，也是一種必要之惡。

一個動輒就把喜怒哀樂都七情上臉的女人，一是特別天真、純真，二是幼稚、白痴，三是一個不夠資格的女人。

女人的喜怒是說一套、做一套的，所以，當鄰家的王大娘對敦煌飯店的陳老闆說：「你家的囡囡比我家的仔仔聰明、可愛得太多太多了。」——陳老闆可千萬不要以爲王大娘真的想把她仔仔交換你的囡囡。

女人如是，漂亮的女人尤是。

漂亮的女人也是人，傷人殺人也是一樣觸犯法律的，但漂亮的女人往往卻很有辦法：

有辦法讓人爲她死爲她受苦也毫無怨言！

溫柔漂亮，而且很真。

她既天真也純真，可是，她畢竟在江湖上也闖蕩了些歲月了，以這兒口沒遮攔、故意挖苦的說法是：

——天真得接近幼稚。

或是：

——不是天真，而是幼稚。

這也是沒辦法的事。

這年頭，人們競相表達自己的冷酷、犀利、見解獨特，總喜歡把自己不能擁有的、存心排斥的事物冠以惡劣的名義，例如：

——把清脆的、銀鈴般的語音稱作是：「雞仔聲」。

——把有理想的、有志氣的年輕人說成：「不知死活、不知天高地厚的後生。」

——把寫詩的稱作「無病呻吟的人」、把行俠仗義的稱爲「好勇鬥狠、成天只知打打殺殺的人」、把美麗而成功的女人說爲：「有老闆後台把她包了」，把熱衷行善的人當作：「假仁假義僞君子」，把勇於將過去秩序、傳統架構重整，補充的人斥爲：「離經叛道、欺師滅祖的無恥之徒」……

總之，一切他們所無之美德，見別人有了，他們都會將之曲解、醜化、蹂躪、踐踏、譏刺、鄙薄不已。

所以在他們眼裡，溫柔是「幼稚」的，而不是天真。

可是溫柔不管。

她天生就不管這些。

她可不是爲他們而活的。

◇◇◇

那麼，她是爲誰而活呢？

◇◇◇

她也不知道。

至少，對她而言，目前還缺乏一種「爲什麼而活」的目標。

不能為了一件什麼值得的大事而活下去，心中便沒有了依憑。
她很想有。
她至少想有一樣：
那便是愛。

愛人的感覺很好。
啊。
被愛的感覺更加好。

她還沒這種感覺。
——或者她一早已擁有了，只是她還不知道而已。

人生總是這樣，你已擁有了的事物卻不一定知道，也不會珍惜，一旦失去了，才發覺已經沒有了，悔之不及。

太陽天天普照，你不會感謝，一旦陰雨綿延，你才發覺沒了它可真不行；就算養一頭驢子，天天替你拉車載貨，人只嫌牠煩嫌牠髒，一旦牠病了死了，才發現沒牠可真才夠煩才夠髒！

她去尋找這種感覺。

◇◇◇

青春是不經用的東西。

愛卻是不好找的事物：

——通常，它不召自來，一找它，它就不來了，甚至還躲起來了。

感情呢？

——它又經不經得起歲月的考驗？

不找猶可。

一找，溫柔可真是煩躁起來：

她怎麼沒遇到？

誰把愛藏起來？

——像她那麼好、那麼優秀、那麼漂亮的一個女子，居然會沒有愛？

沒有愛情滋潤的女子，還美不美得起來？漂不漂亮得下去？

這可不由得她不急。

一急脾氣就更不好了。

這一陣子，她脾氣不知怎的，十分浮躁，動輒與人相罵，跟梁阿牛也指鼻子戳額角的罵了三次，本來她不想傷害心情還未完全復原的方恨少，但也禁不住與他衝突了二次，至於平時她就沒當是什麼人物的羅白乃，更給她奚落、搶白得不復人形，見了她幾乎嚇得倒頭走，連她一向不太敢招惹、予人陰沉不定的唐七昧，她也頂撞了幾次。

以前她在家裡，心情不好的時候，頂多去拔她家裡那隻鸚鵡的毛，唬醒睡熟了的狗，把房裡砸破的瓶盃碟鏡乒另乓冷的當暗器發出去射鳥擲魚扔家丁，大不了還把她老爹珍藏的壽山墨注入中庭的甘水泉井裡全染成了黑水；就算在「金風細雨樓」的那段日子裡，她大小姐一個不高興，也會追方恨少扯掉他頭上方巾（因爲她覺得「酸」）、追唐寶牛要咬掉他的耳朵（因爲她不喜歡它太「厚」）、甚至追王小石扔他石頭（誰叫他叫做「小石頭」！）；可是，這一次，她卻不了了。

過去，她看一株花只有苞，還沒開花，她會想：花開起來的時候一定很美的。

花開的時候，她看了，又想，花開得真美；它開得那麼美，已經什麼都值得了。

花謝的時候，她看了，也一樣開心：花凋了，時候到了，快快凋謝了以便他日再開一次更盛。

花落的時候，她更笑吟吟的等另一次花開。

所以她不喜歡人送花：斷掉莖的花是活不長的，不如種在那兒，任它花開花落，這才是美。

就算是一株花卻不開花，只有葉子，她也同樣高興，同樣爲它高興：因爲光是葉子已這麼美了，又何必開花呢！

她只看到花樹上只有果子，卻看不到花的時候，非但沒有感嘆，反而想到：因爲有果子、種籽，不多久，遍山遍地都是花開了。

她就是這樣的女子：

天大的事，她總會往好的一邊去想。

這樣想會令人開心，也能自得其樂。

她看到下雨就想到淋雨的歡快，遇上下雪就用雪球撫臉，就算指尖破了她在欣賞自己擠出來的血好鮮好艷好美，鞋子破了她也覺得露出來的趾頭好白好圓好可愛。

那是以前的事。

而今不了。

——爲什麼不？

而今，她見著花開想到花謝，看到葉茂就想到沒有花開的寂寞，她既不頑皮的拔雞毛、鴨毛、狗毛，也不俏皮的擲人、絆人、作弄人了，她只是煩躁，跟人頂嘴不休。

她是真的心情不好。

現刻的她，遇上雨天她就聞到霉氣，看到下雪她就由足心冷到手心，晚上有時夢見自己腿側淌著鮮血，還淌箇不休，彷彿還有個嬰兒的哭聲；就算垂眸看自己因走千里路而蹺起了的鞋尖，她也生起了對自己足尖因仰望而受傷的感慨。

總之，她不開心。

除了她一直在等待，等待一場戀愛之外、她心裡還有一個鬱結，一個陰影：她的月事，已逾期半月沒來了。

二 我是不是已有點老？

月事沒來，本來不是什麼大不了的事。
不是每個女人的月事都那麼準時、準確的。
月事來潮畢竟不是清晨的雞鳴，就算是雞啼也有不準的時候。
對溫柔而言，這也不算是破題兒第一遭的事。
但她現在卻很擔心。
爲這件事，她十分煩躁，特別擔心。
因爲，她不知道自己有沒有給人什麼了。

◇◇◇

「人」：
係指白愁飛。
「什麼了」：

是指——

哎。

這教她怎麼說呢！

她甚至想著了也一陣臉熱、心跳。

——到底「什麼了」？

都是那個晚上。

都是那個害人的晚上。

那個充滿了殺伐、情慾的血腥之夜。

那個她特別裝扮自己的黃昏之後……

——白愁飛到底有沒有「什麼」了她呢？

她不知道。

她也不清楚。

那晚，她給制住了穴道，昏迷過去了。

醒來之後，自己是赤條條的，蔡水擇浴血身亡，待她知道那是白愁飛幹的好事後，白愁飛也死了。

張炭支支吾吾，一直沒跟她明說。

她也不好直問。

——她是女兒家，教她怎麼問得出口！

可是，她一直疑懼：

那個死大白菜、臭鬼見愁，到底有沒有把她什麼了!?

她自小沒了娘，雖然父親溫晚特別疼她，但也解決不了許多十分個人的事：例如她第一次月事來潮，她摸得一手是血，初還以為自己吃壞肚子了，之後又以為會流血不止，一直哭箇不休。

她好害怕。

她甚至去問爹爹自己會不會死。

她父親也不知如何跟她解說，怎麼安慰她，只好摟實了她一直說：

「柔兒不死，柔兒不會死的。就算爹死，柔兒也不會死。就算萬一有事，爹願代柔兒死。」

幸好爹有個女親信，叫「陳三姑」（人在背後叫她「管家婆」），她一向替溫柔「收拾殘局」。

那次之後，溫柔才意識到：原來自己是個女子——而女子和男子畢竟是不一樣的。

「三姑」也陸陸續續、斷斷續續教她很多事，很多女兒家的事。

可是她不喜歡知道。

更不喜歡學。

她根本十分抗拒自己是個女子這事實。

她不明白人為何要分男女。

她希望自己是個男子。

——是個男人有多好！

（可以這兒去、那兒去！）

（可以不怕給男子佔便宜！）

（可以跟父親一樣，就算沒了夫人，也有百數十個紅顏知己！）

（可以不必學女紅、烹飪、什麼三從四德、家頭細務！）

（可以不必生孩子！）

（可以免去懷孕之苦！）

——對了，懷孕。

那到底是怎麼一回事呢？

當時，三姑是要跟她細訴的。

但她一聽就抗拒。

她一聽就說：「討厭死了。」

然後就是雙手掩住耳朵，一疊聲的說：「下流！下流！我不聽我不聽……」

「管家婆」三姑很好心，委婉曲折的告訴她細節，她卻眨著眼睛兩手擰著三姑胖嘟嘟的雙頰，認真的問：

「妳說，妳是不是跟我爹爹有這個那個的，才那麼熟悉這些那些……」

氣得三姑臉上陡變了色。

轉身就走。

以後，三姑就不跟她提這個了。

那一次，她想起來，還眉飛色舞，得意洋洋：

她終於唬住了陳三姑了！

那時候，她還小。

到她長大了，想知道時，卻不知找誰問是好。

她沒有娘。

——她找誰問？

問人，她臉皮薄，怕人笑。

所以，那樁得意事兒，她是越想越悔，越想越不是滋味；殊不知人生裡的得意事，所帶予人的，到頭來，總是懊惱大於歡樂的。

所以，她迄今仍不知道：一男一女，怎麼個什麼法、會懷孕、會成夫妻、會生孩子。

——是嘴巴對嘴巴？鼻子對鼻子？那兒對這兒？這裡對那裡？……孩子卻是從那來的呢？

因此，她也不知道，白愁飛有沒有什麼了她？她會不會珠胎暗結？

聽張炭的語氣，好像那隻死阿飛還沒有玷污了她的清白，可是，要是她還沒有失身，為何又月事停來？

她的月事沒來，雖不是首次，有時也曾發生過，但怎麼偏生在這要命時節？要害關頭？而且這次還遲了這麼許久！要是真有了那死鬼白無常的孩子，那自己該怎麼辦？

她可還要浪跡江湖，要打天下、當女俠的呀！

可惜，那隻死黑炭頭卻不在。

她找不到現場的人來問個清楚。

她只想找個人來問問，就算不是在現場的人也無妨。

她悶。

躁。

鬱！

◇◇◇

幸好，這逃亡的行列中，還有一個女子：何小河！

何小河一直有留意溫柔在逃亡過程中從好玩、好奇到躁鬱、慍憎的情緒。

她畢竟是「過來人」。

她也曾是在「孔雀樓」裡號稱爲「老天爺」的名妓。

她發現溫柔兩腮浮腫、動輒發火、眼圈又黑又大，而且常有作悶欲吐的現象，她就留了心。

許是因爲她關心溫柔，或是因大家已囚在一條逃亡的船上，也都是女兒身，她誠不欲溫柔一直跟自己過不去、折磨自己，所以，她設法去了解是怎麼一回事，然後試圖去開解她。

——只有先了解了，才能開解。

要了解一個人是多麼不容易的一件事。

因爲人無論多需要人的了解，但仍一定防衛自己，不讓人了解。

——有時候，解不了，還把原來的結結成了死結。

一旦成了死結，就不好解了。

◇◇◇

你呢？

你心裡有沒有結？讓不讓人解？可不可以讓人了解？

——誰的心中無結？
誰不希望有人了解？
到底幾時才可以了結？

◇◇◇

除了何小河，同行中至少還有一個人，很想去解溫柔的心結。
可是他不方便。
因爲他是男子。
——一個男子，如果硬要去解女子心中的結，有時候，反而不如去解她褲頭上的結來得容易。
他無奈。
他只能關心。
也只能逗溫柔開心。
——可是最近溫柔總開心不起來。

他當然就是「鴛鴦蝴蝶派」的羅白乃。

問候一個人，用嘴巴。

看一個人，用眼睛。

愛一個人，用心。

羅白乃對溫柔可是眼耳鼻舌身意心都用了，就連觸覺、靈感、元神也不閒著。

不過，就算他再用心，也無法像何小河那麼方便。

大家都是女兒身，要說便說，要問便問。

◇◇◇

何小河知道（至少感覺得出來）溫柔很毛躁，所以她跟溫柔談話的方式也很特別，進入的角度詭異，看似直截了當，但又出語堪稱古怪。

她第一句就問：

「我是不是看來已有點老？」

◇◇◇

別的話，溫柔也還真可以不答。

可是這一句則不。

一下子，何小河變成了一個需要她安慰的人——至少，處境比她還不如的人。

所以，俠氣的溫柔使她油然生起要慰藉這位同舟共濟的姊妹之心。

因此，她說：「妳老？那這兒沒有年輕人了？」

就這樣，兩人就展開了話題。

人，一旦有了對話，就會相互了解，心裡的結，就有可解之機。

三　我的心情不好

「我說的是心，心老，不是人。」何小河笑說下去，「我真羨慕妳。」

「羨慕我什麼？」溫柔大奇。

「羨慕妳永遠天真、活潑、快樂，」何小河善意的說，「這樣的人，情懷永遠不老。」

溫柔眸子亮了。

像點燃了兩盞燈——可是亮不多久，又黯淡了下去。

「我的心情也不好……」溫柔長睫毛垂下了、剪動著許多彩夢的遺痕。

「爲什麼不好？」

「我……」溫柔欲言又止，「也沒什麼。」

何小河用眼角瞄著溫柔把她自己的衫裾揉了又揉，揉了又揉，她心中意會了幾件事：

一、在這本來快活不知時日過的小姑娘身上心裡，只怕確是發生了些事。

二、這些事對別人是否重要，不得而知，但對溫柔而言必然十分要緊。

三、事情若對溫柔很要緊，就一定會影響這大姑娘的心情，一旦這位大小姐脾氣欠佳，同行的人都一定會受影響。

四、所以，她要對溫柔「究竟有什麼心事？」要弄清楚。

五、如果要搞清楚溫柔到底有什麼心事，只怕得要費些周章。

所以她沒問只說：「心情不好也沒啥大不了的。誰都會有心情不好的時候。我就常常情緒壞，心情不好。可是王小石教了三個方法，倒蠻管用的，我試過了，倒真可解一時之煩憂。」

「那顆小石頭總是理論多多！」溫柔啐道，「他有什麼好辦法？」

何小河說：「第一個：他認為快樂和悲傷只是自己的想法，而想法是可以由自己控制的。假如現在你很悲傷，只要你不要去想那件悲傷的事，改而去想你一件覺得很快樂的事，你自然就會快樂，不會悲傷。所以他說：人要自尋快樂，不尋煩惱。做人要多想開心的事，少拿憂傷來折磨自己。」

她搗過去跟溫柔悄聲說：「假如，你家死了一隻貓，你很懷念牠，那不如去多愛惜家裡另一隻狗。」

溫柔仍在苦惱，「可是，如果我看到那隻狗，一定會更懷念我的貓了。」

何小河莞爾道：「不過，要是妳忘不了，他還有別種方法，妳不妨把困難、麻煩、挫折、乃至生離死別，全往好裡想，那就自能開解了。」

「什麼？」溫柔一聽就不服氣，「那有這般一廂情願的事！困難就是困難，挫折就是挫折，麻煩死了，還當好事！」

「他就是這麼說：不經困難艱苦，那能成就大事？不妨當挫折、難題是通往成功的必經之路，如此方能磨煉出一個人的魄力心志。挫折愈大，日後成功的機會越大；阻力愈大，日後的成就更高。他是這個意思：沒有挫折，就沒有成功；越多挫折，只要你不屈不撓，就越有機會成功。你只要換一個態度和心境去看同一件事，自然有不同的看法。」

溫柔咕噥著說，「我可不要什麼成不成功的。就算他說的對，那麼，就算生離死別這等人間慘事，也可以說忘就忘，要拋開便拋開的嗎？」

何小河笑說：「王小石的意思是：生離所產生的思念，反而是使日後相聚更歡悅；至於死別，如果把它當作一種：『不必再在人生裡受苦受難受折磨了』，也算是好事吧！王小石自己也笑說：他只是想到，未必也能做到。」

溫柔倒是聽出了興味兒，反問道：「還有一種法兒呢？」

何小河順水推舟，說了下去，「他說：人之所以會沉淪，是因爲他要沉淪；人之所以會墮落，是他自己要墮落……」

溫柔一聽便不入耳：「胡說！那有人希望自己沉淪墮落的！」

何小河開釋道：「我初時也大不同意，但王小石的看法是：除了天災人禍、完全無法掙扎、反抗的命運因素之外，大部份人的失敗、變壞，都是自找的。也許他是耽於享樂，也許他是野心勃勃，也或許是因爲做錯了事，自己無法贖罪，所以一錯再錯，索性沉淪下去，成了大奸大壞之徒。而人的行爲受心思、習性所影響。也就是說，如果你常常告訴自己：我很開心，我很愉快，我是個善良的人，然後天天歡笑，日日行善，時時幫人，那麼，你所作所爲，自然就使你變成一個真正快樂、良善的好人。」

溫柔瞠目道：「他是說：只要自己以爲自己開心快樂，就會得到快樂開心？」

何小河舒了一口氣，說：「對，這跟種瓜得瓜、種豆得豆的道理完全一樣。」

溫柔咋舌道：「小石頭實在……實在太天真了。這麼說，世上有誰不希望自己歡樂的？那世間再沒苦命人了！」

何小河道：「話不是那麼說。世上確有不少人是自尋煩惱，杞人憂天的。儘管失敗的事只是人生裡的一成不到，但他們可以爲這一成不如意事而憂憂傷傷的過完了他們的一生。」

溫柔禁不住說：「平常的事，可以改變、調整一下心境便應付過去了，可是，要是身體受了傷，你能不想它去想別的它就不痛嗎？如果你給人斫斷了一條腿，你能張口笑笑就可以健步如飛麼！小石頭，真是石頭腦袋，妙想天開，結果想崩了頭！」

何小河噗的一笑，說：「王塔主聰明一世，誰見過他都佩服他年紀雖輕，但料事如神，想法眼光過人深遠，但在妳的嘴裡，他好像成了大笨瓜蛋！」

她口裡說著，耳裡聽溫柔說那番話，眼裡見溫柔情急氣急，心裡已有了分數，敢情八成問題就出在這小妮子的身體上。

——話，算是開始契題了。

可是仍然急不得。

何小河在青樓裡待久了，知道什麼事是最急可是急不得的，她可不是個很有耐心的女子，但卻是個很知道什麼時候非得要耐心不可的女人。

溫柔仍在咕嚕：「本來就是嘛，天下最笨小石頭——我一早就說過了。」

「對，」何小河一句順水推舟就過了去：「要不然，他怎麼會不知道妳的心事。」

溫柔啊了一聲，用一雙鳳目盯著何小河，「他知道我什麼事？」

何小河索性來一記投石問路，外加開門見山，「妳身體上的事啊！」

溫柔大吃一驚，「妳怎麼知道的？」

何小河知已一語中的，即道：「我怎麼不知道！」

卻不料溫柔嘴兒一扁，眼一睐，哇的一聲，哭了出來。

「連妳都看得出來了！連妳都這樣說了！那是真的了！那是真的了！」

何小河沒想到會那麼嚴重，溫柔這一哭，她倒慌了手腳，忙攬著她勸慰道：

「妳別哭，妳別哭，有什麼事好商量，有商量……」

溫柔一面把口水、鼻涕，全擤到何小河衫上、袖上，一面抽抽搭搭的說：

「……這種事，這麼羞家，還有什麼好商量、可以商量的！這下我是死定的了！」

何小河狐疑地道：「妳莫不是……是王小石欺侮了妳!?」

溫柔挺身坐起，一把推開了她，抹掉淚痕，微嗔戟指道：

「哦……原來妳並不清楚！」

四　給你看的溫柔

清楚什麼？

——何小河這下可真的有點迷糊了。

◇◇◇

「到底是什麼事呀？妹子，」何小河只好委委婉婉的問：「不妨告訴我，讓這做姊姊的跟妳拿主意。」

「沒什麼……」溫柔有點忸怩的道，「……我也不清楚，到底有沒有——」

欲言又止。

嘿。

仍是急不得。

——剛才自己一急，就洩了底，事兒又得兜圈子了。

「好，好。」何小河笑道：「妳不說，也無妨，咱們就只聊聊……」

她心裡也有了盤算：事情一定跟溫柔的身體健康有關，但又恥於向人言的，嗯，莫非……

她馬上轉了語鋒，抓住了一個話題，「姊姊我是過來人，男人哪，都是壞東西，妹妹妳千萬不要給壞人欺負了的好。」

溫柔那又長又黑又翹的眼睫顫了顫，何小河心裡也震了震。

「何姐，我……我想問妳……」

「妳問，我知無不答。」何小河輕柔的拍拍她的手背，「姊姊我身世飄零，別的閱歷不算如何，但男人的風風火火，我懂得比江湖上的風風浪浪還多。」

——妳問吧！

——這時候問出口的話，當然是癥結所在。

——妳只要伸出手腕，給我把脈，大夫就會知道妳病灶在那裡。

——只要妳問，我就知道妳的問題出在什麼地方！

溫柔果然問了。

看來，她是鼓起勇氣問的。

「何姊，男人是不是……」

「是不是什麼？」

「……是不是……」

語音比蚊子還小。

聽來，溫柔的勇氣也太有頭威而無尾陣了。

「這樣好了，」何小河清而亮的眼兒一轉，雙手捏住溫柔的手兒笑說，「姊姊告訴妳一些在樓子裡那些壞男人的事兒，妳就當笑話聽，好不好？」

溫柔迷惑地道：「……樓子裡的……壞男人？」

何小河哈哈一笑道：「當然不是我們金風細雨樓裡的，而是我以前耽在那兒候客混世的留香園、瀟湘閣、如意館的孔雀樓！」

這會兒溫柔倒是生起了興趣，「對了，我一直都很想問妳，那麼下流的地方，妳還待在那兒做什麼？」

何小河臉色一沉。

溫柔這才意會，忙道：「對不起，我不是有心的，我也沒有看不起的意思……我……我只是……只是不明白，所以，就好奇的問一問……而已……」

何小河的臉色這才稍微舒緩，只改用一種平淡的語氣無奈地說：

「都是爲了生活呀，妹子。」

「生活？」

溫柔這可聽不懂了。

——爲了生活，怎麼要委身入青樓煙花之地？

何小河見她樣子，知她並不明白，便說：「妳跟我是不一樣的人。我們原在兩個不同的世間。妳不必擔心的，我全要擔心。例如：妳從不必擔憂柴、米、油、鹽、醬、醋、茶，我得全要憂慮，自吃其力。一日不作，一日無食。妳不一樣。妳餓時飯到，渴時水至，有求必應，無所事事。妳天生不必擔憂這個，妳姊姊我可沒這個福氣。」

溫柔扁著嘴兒委委屈屈的說：「可是，我可寧願像你們那樣……你們有的，我都沒有。」

何小河即用手輕掩她的唇，殊聲道：「別這麼說，小心折了自家的福！妳天生就像含著金鑰匙出世，無憂無慮。妳什麼都有了，所以反而不珍惜這一種福氣，所以妳才離家出走，所以妳才會這不喜歡、那不滿意。」

溫柔仍不開心、不愉悅的說：「可是我寧願像你們哪。」

「像我們有什麼好？」

「至少，可以……」溫柔扁了扁頭，終於找到了核心的字眼，「比較像在做一個人。」

何小河長吁了一口氣，輕拍了拍溫柔的柔膊：

「這也對的。我們沒妳這身嬌玉貴，是以可以到滾滾塵世中翻翻滾滾，七情六慾、悲喜苦樂，無一不嘗，無一不悉，也算沒白來這一遭，白活這一趟。」

溫柔扁著嘴說：「對嘛……我就是覺得你們活得有聲有色，有血有淚，所以我才……」

「所以妳才跑了出來，跟我們這些當流氓地痞的混在一道，對吧？」

說著，何小河笑了起來。

溫柔也笑了起來。

她一笑，酒窩深深，兩個腮幫子漲卜卜，粉緻緻，一下子好像整個寺院都為她那一笑驚豔得菩提也變作煩惱、煩惱亦盡成了菩提來了。

何小河禁不住用手指去擰了擰溫柔那脹繃繃的腮幫子，調笑道：

「好可愛呀，妳！別教人給喫了妳這對彈手包子！我心疼。」

溫柔一聽，乍紅了臉。

何小河看在眼裡，也覺憐惜：她想起自己臉紅的日子，已不知失落到什麼時候了，不禁很有些感慨。

溫柔卻想起了什麼似的，忸怩的說：「何姊，那妳在那兒那麼久，對男人，豈不是……很那個了？」

何小河眉尖一促：「很什麼哇？」

溫柔低首道：「那個哪！」

何小河仍是不明：「那個？什麼那個？那一個？」

溫柔蚊也似的小聲：「那個……」終於鼓起了勇氣：

「妳對男人，一定很通曉了吧？」

「哦——通曉？」何小河失笑了起來：這小妮子，敢情是想多知道異性的一些事，偏又臉皮子薄，不好問。「在那樣龍蛇混雜的地方，姊姊我自然多少都瞭解一些的了。妳要不要聽？」

「要呢。」

溫柔仍蚊聲蚊氣的答。

她真是難得如此溫柔。

「妳不怕聽污了耳朵？」

溫柔好可愛的捂住雙耳，抬頭笑靨可可的，笑得皺起了鼻子的說：

「我不怕。不好聽的，我會洗耳。」

何小河也忍俊不住，輕撫溫柔耳鬢些微的亂髮，憐惜的道：

「真是我見猶憐的溫柔。」

「什麼溫柔，那是給姊姊妳看的溫柔。」溫柔不甘雌伏的說，「對別人，尤其壞男人，我可兇得緊了。」

「這個姊姊倒素仰了。」何小河也展顏笑道，「姊姊倒謝謝妳那特別給我看的溫柔——別人，可不一定有這個福氣哪——這叫最難消受美人恩吧！」

溫柔眄向何小河，見她明眸皓齒，笑時嘴角彎彎的向上翹，忽然聯想起中秋吃的菱角，不由得痴痴地道：

「何姊，妳笑得也真好看。」

何小河怔了一怔，似沒想到溫柔也會讚她好看，隨之幽幽一歎：

「妳少逗姊姊開心了。姊姊別的沒什麼學得，就這笑講究行頭。別忘了，姊姊我可是賣笑的哩。」

溫柔倒好生好笑：「笑也講究？不是要笑就笑麼！笑也可賣？多少錢一斤？」

「一個人能想笑就笑、要哭便哭，已是一種幸福，妳以為一般人有這般愜意、快意麼！有些地方，妳想不強笑都不可以；有時候，妳連一滴淚都不可流。我們是笑給人看也哭給人看的女子，那像妳！」

溫柔只眨著瞇瞇眼，聽得入神，竟似無限嚮往。她一向愛笑便笑，想哭就哭，卻反而嚮往哭笑不得的情景。

何小河見她如此稚氣的樣子，又好氣又好笑，只好又笑著歎了一口氣，拂了拂她額前的劉海，當作是講故事給小孩兒聽：

「我們笑，是笑給男人看的，目的是讓他們銷魂，而女人的笑是勾他們的魂的幡子。怎麼勾他們的魂呢？這就要講行頭了。」

溫柔催促道：「對呀，對呀，怎麼笑、怎樣笑才可以勾男人的魂嘛？」她扯著何小河的衣袖一陣亂搖。

何小河笑著甩開了她，啐道：「妳看！心急得妳！趕著去勾男人麼！」

卻眼見溫柔又訕訕然的嘟起了嘴，忙接道，「這勾人魂麼，法門可多得很。男人看女人，可跟我們看的不同。他們要的是色授魂銷，妳就得笑箇銷一銷他們的魂。」

「怎麼個銷魂法？」溫柔睜大了眼睛，「笑可不就只是笑嘿？」

「不。妳要笑得十分豔麗，讓他們想入非非，但不能失諸於輕浮。一旦輕了浮了，那就賤了。賤了就不值錢了。男人就是這樣賤。妳要冷若冰霜，也有的反而性起，千方百計的硬要妳對他破嗔爲笑不可。那是他們犯賤。不犯賤的也賤。他們就愛妳笑，管妳真笑假笑虛僞笑，他們也不管妳笑是不是只爲他們的錢。妳要笑得讓他們以爲妳傻乎乎、情痴痴的，他們就會傻乎乎、情痴痴的甘心抵命讓妳掏空了錢囊銀包。妳可以笑得若即若離，若隱若現，甚至可笑得似笑非笑，豔若桃李，但千萬不要笑得太冷太傲。」

說到這裡，何小河忽頓了一頓，在身後院落間冬時加炭火保暖的炕穴裡瞄了眼。

溫柔正聽得津津有味，但也剛剛聽不明白：「爲什麼不能笑得高傲？」

「因爲傲了男人就會怕。他們一旦自卑起來，那就無可藥救了。越自卑的男人，越充自大得可惡可厭！他們一旦覺得匹配妳不起，就會寧願找些讓他們大發雄風，也不找讓他自形穢陋的。那妳只好坐冷板凳了。男人就是那樣的鬼東西！」何小河悻悻罵道，「妳要知道，上我們那兒的男人，都沒啥好東西，五花八門，黑白二道，飛禽走獸，無奇不有！」

溫柔忍不住又問：「五花八門？其實是什麼花？什麼門呀？」

何小河呆了一呆：「妳不懂？」

溫柔用白生生的貝齒輕咬下唇。

何小河見她可憐兮兮的，笑了：「哎呀，這也沒啥的。其實人人都說的話兒，大都人人不懂。所謂五花八門，是古代兵法中的『五花陣』和『八門陣』，也是各行各業的一種比喻。五花是：金菊花，比喻賣茶的女子。大棉花，喻上街爲人治病的郎中。水仙花，所謂酒樓上的歌女。火棘花：即是玩雜耍的技人。土牛花：暗指一些挑伕、轎伕。八門就是：一門中，是些算命占卦的。二門皮，賣草藥的。三門彩，變戲法的。四門掛，江湖賣藝的。五門團：說書評彈的。六門手，街頭賣唱的。七門調：搭蓬扎紙的。八門聊：高臺唱戲的。這叫五花八門。」

溫柔喃喃重複了一遍，聽得甚是用心：「我到今天才知道什麼是五花八門——那麼說，這麼多稀奇古怪的人妳都能一一見到，豈不是很好玩囉？」

何小河一聽，爲之氣結：「妳當我在青樓淪落爲妓，是好玩的事兒哪？」

話說到這兒，回心一想，倒也是的。若換個看法，不那麼個清高自潔的話，當青樓藝妓，也有它好玩的一面——它不正是供人玩樂、狎戲的所在嗎？妓女正是受人狎玩的靈魂人物。只不過，只在乎自己是不是甘心供人玩樂？既已受人淫樂，是不是能看得開去、調過來反而當是狎弄客人而已！

也許這般想法，對已身在風塵不能自拔的人，未嘗不是一種開脫之法。

只聽溫柔幽幽地道：「我知道她們苦。但大多數人只鄙視她們賤，卻不去明白她們為什麼會賤？為什麼會苦？只不過，青樓女子，總比我知道多些事兒……」

何小河一笑道：「那些事，妳不知道也罷。」

溫柔卻道：「但有些事，我是不可不知的。」

何小河奇道：「例如？」

溫柔又蚊子一般的說：「男女的事……我都弄不清楚……」

何小河哈哈一笑，「這事好說。這世上啥男人都有，外強中乾的有，銀樣蠟槍頭的有，鬼鬼祟祟的躲在那兒偷聽女人說話的也有！」

她雙眉一揚，手已探入襟內，叱道：「再不滾出來，我就要你死在那兒！」

五　逢人都叫大哥

卻聽煖炕裡一人慌忙喊道：「別動手，是羅英雄我，有話好說。」

接著，冒出頭來的，是一雙骨溜溜的眼睛，既長得眉精眼企，但也嬉皮笑臉的樣子。

溫柔一見，叫道：「羅白乃，又是你！你不是蹲在草叢裡，就是窩在炕裡，老是偷聽人說話！」

何小河冷哼一聲道，「我跟鼠摸狗竊，忒沒啥話可說的。」

羅白乃道：「我不是偷聽，我只是沒塞住耳朵而已。世上看的、聽的，都不由己，給你什麼便得看什麼、聽什麼。難道你現在偷了冬天的冷、春天的風不成？沒辦法。是冬天就得過冬，是春天就有春風。」

「什麼冬天春天！」何小河鄙夷地斥道，「你不是偷聽，窩在煖炕幹啥！偷聽又不認，是男子漢麼！」

羅白乃分辯道：「我在煖炕，當然是取暖呀！那炭火剛剛給取走了，餘暖還在，我窩在那兒好暖暖身子。」

「暖身？」何小河嗤道，「我看你病得不輕哩，這冬天都未嘗冷過！」

「妳不冷，我可冷！我最怕冷。」羅白乃說來還洋洋得意，「冬天最好做的三件事，一是吃飯，二是睡覺，三是攬著……」忽像吞了一隻帶殼的雞蛋一樣，說不下去了。

溫柔問：「攬著什麼？」

羅白乃呆住了，好一會才道：「沒有什麼。」

越是沒聽著的，溫柔越是想知道：「什麼嘛？怎麼說著便沒了下文！你真討人厭！」

羅白乃仍呆在那兒，他一向耍嘴皮子的急才不知那兒去了。

何小河勸溫柔，「那是下流話，不要聽，聽了要洗耳。」

溫柔幽幽怨怨的跟何小河說，「我都說了，妳比我懂的多。男人沒說的妳都聽到了，怎麼就我沒聽到。」

羅白乃禁不住說：「妳人好，所以聽不懂。」

何小河嗔道：「小兔崽子！拐著彎兒罵起老姊姊來了！」

羅白乃吐了吐舌頭，「我那敢！何況，姊姊妳也不老！看來還比我羅英雄年輕呢！」

何小河嘿聲道：「你羅少俠今年貴庚？」

羅白乃挺了挺瘦小的胸膊道：「不多不少，雙十年華，風華正茂！」

何小河「啋」了一聲：「你算老幾？在我面前認小認老!?吃什麼老娘的豆腐！你還是回家抱娃娃取暖吧！冬天來了，春天還遠著呢！」

羅白乃聽了倒很認真的道：「我倒不是這麼想。冬天來了，春天還會遠嗎？——這才是我的想法。」

何小河跟他可沒幾句好話：「我看你還是改一改吧！對你而言，應該是：冬天來了，下個冬天還會遠嗎？這才對。」

羅白乃嘆道：「妳這樣想，就開心不起來了。」

溫柔卻說：「我看都不對。」

羅白乃、何小河一齊望向溫柔。

溫柔坦坦蕩蕩的說，「我都不知道有冬天來過——不是一直都是春天嗎？」

兩人一時為之語塞。

何小河哼哼嘿嘿的說：「冬天春天，那是天的事，但誰要是再在我們聊天時偷聽，下回見著，我宰了他。」

羅白乃笑著說：「我不是故意偷聽的，我只是剛好……」

何小河冷然道：「故不故意，下場都一樣；人品都一樣卑下！」

羅白乃賠笑道：「姑奶奶，話可說重了，我要是沒聽著，可走寶了，姑奶奶說的那段話，可讓我得益不淺呢！我真能有幸恭聆下去呢！」

何小河寒著臉道，「少捧人賣乖！本姑娘可不喜歡嬉皮笑臉的男人！」

羅白乃四顧左右而道：「嬉皮笑臉？誰？我？妳別錯看我笑容滿臉，我可是笑顏苦心人哪！」

何小河冷峻地道：「你還苦命哪！不過那可是你家的事。你別再偷聽我們女兒家聊天。」

羅白乃委屈的道，「可是妳們的話好聽呀——」

何小河沒好氣的叱道：「好聽也沒你的份！梁阿牛、唐七昧、還有這『六龍寺』的大師們都在忙著，你卻窩著偷聽，窮著蘑菇些啥呀！」

這次羅白乃居然也反言相譏，「他們忙著，妳們也還不是在這兒咕噥老半天呢！」

這次到溫柔沒好氣，說話了：「蘿蔔，你是女人不？」

溫柔一開口，羅白乃就老老實實的回答：「不是。」

溫柔道：「既知不是，可知女人有很多事可作，但男人卻做不得的。」

羅白乃乖乖的答：「知道。」但補充了一句，「有許多事，男的可做女的卻做不得。」

溫柔這回很講理，「你知道就好。談天說地，東家長西家短南北兩家不長也不短，這話題就是我們的正事，卻不關你的事。知不知道？」

羅白乃畢恭畢敬的答：「知道。」

溫柔點點頭，吩咐裡帶點恫嚇，「知道就好。大方那兒正要人替他找柚子葉呢！你閒著沒事，少來聽我們的，多去幫他們的。」

羅白乃恭恭敬敬的答：「是。方大哥人好又有學問，用得著我處，我一定盡力。」

溫柔一怔，喃喃道：「方恨少有學問？這倒第一次聽到。」

何小河也催促地道：「快走吧。唐七昧火氣大，可不好惹，你躲懶讓他知道了，當心釘你一屁股鐵蒺藜！」

羅白乃一聳肩，道：「才不會呢！唐大哥對我識英雄者重英雄，惺惺相惜得很哩！」

「惺惺相惜？猩猩才兩惜！你們兩號大猩猩！」溫柔噗嗤一笑，然後有點憂心的道，「唐寶牛那兒，要多看著點……他這幾天，神志恍惚，不大對勁呢！」

羅白乃一拍胸膛，「唐巨俠大哥那兒，交給我吧，我一定會保護他的。」

「你保護他？」何小河譏誚的道，「難怪梁阿牛說：要是唐寶牛末鬧得箇這失魂落魄，跟你倒是大的小的一對兒。」

「一對兒？梁大哥可真風趣！」羅白乃眼睛骨溜溜一轉，溜了溫柔一眼，「我跟男的可沒興味作對兒哪！」

「這又大哥，那又大哥的！」何小河又來啐他，「你可是逢人都叫大哥！」

羅白乃臉上毫無慚色，「那也沒辦法，為生活嘛！我派人丁單薄，背無靠山，當然要在家靠父母，出外靠朋友，有錢有面，自然天下去得了！」

何小河嘿然道：「天下去得？你這回若不是跟王塔主走，只怕早栽在不知那條路上了。」

「王小石？我跟他？鬥都沒有！」羅白乃忽然抗議起來，語音慷慨：「我今天能頂天立地的活著，完全是幸賴溫姑娘女俠姑奶奶及時在刑場搭救，關小石頭什麼事！」

何小河這倒奇了：「哈！你逢人都叫大哥，偏是最該叫的不叫，你也真逗趣呀！」

「我不服他，」羅白乃鼓著腮，「所以不叫。」

何小河偏首「研究」、「審視」著他：「服才叫？他不值得你服？」

羅白乃毅然搖首：「不服。」

何小河試探道：「一聲也不叫？」

羅白乃堅決道：「不叫。」

何小河道：「真的不叫？」

羅白乃道：「不。」

何小河忽爾一笑，「叫啦，不叫，信不信我摑你耳光，賞你嘴巴子？」

羅白乃退了一步，目中已有懼色，但還是說：「不叫。」

但忽然涎著臉道：「這樣吧，如果妳一定要我叫，也不是不可以商量，只是有個條件……」

何小河本來就沒意思要強迫羅白乃叫王小石爲「大哥」——反正，叫不叫「大哥」，既不關她事，也不見得王小石會在乎——她只是對羅白乃偏不肯叫王小石爲「大哥」甚覺好奇而已。

所以她問：「什麼？條件？什麼條件？」

羅白乃笑嘻嘻的道：「如果，妳肯給我二十文一次，我叫十次八次都無所謂……」

何小河笑罵道：「去你的狗屎垃圾！你叫不叫，關我屁事，我幹啥要給你銀子？」

羅白乃見一計不成，又生一計，退求其次的說，「好，好，不要妳付錢也行，只要……」

何小河湊過去問：「只要什麼？」

羅白乃倒吸了一口涼氣，欲言又止。

何小河反而更生興味，「怎麼不說？」

羅白乃吞吞吐吐：「我怕不好說。」

這回連溫柔也趨了過來：「有什麼不好說的？」

羅白乃仍在猶豫：「我說了，怕妳們見怪。」

「哦，不。」溫柔、何小河都異口同聲保證：「我們絕不會見怪的。」

「妳們不會打我？」

「打你？當然不。我們都是溫柔女子，才不會打人。」

「絕對不打。你只要坦坦白白乖乖的說，我保證我們都不打你。」

「好，我說了——」

羅白乃舐舐乾唇：「我叫王小石做王大哥也可以，只要叫一聲，溫女俠姑娘就讓我親一下……」

話沒說完。

也說不下去。

溫柔、何小河一齊動手。

打人。

羅白乃掉頭就走。

兩位女俠邊打邊罵：

「混帳東西！喪心病狂！」

「這都說的出口，我殺！」

羅白乃走死不要命，抱頭鼠竄之餘，邊大叫道：

「哇，我早就知道，女人是不守信約的東西，妳們說不打又打——」

「嘩呀，妳們這兩個打男人的女人！」

他尖叫並不礙他逃跑的速度。

「逃!?」溫柔意猶未足，恨恨地道，「逃慢一點，讓你知道殺男人的女人的厲害！」

卻聽羅白乃跑得個沒鞋挽屐走，卻仍邊走邊唱：

「小河彎彎呀似刀哪
河小淹死人不要命唵𠯿哩！
溫柔一點也不溫柔呀——
溫柔鄉殺人也不把命償吭呀喂哪吭呀喂嗬嗬咚咚嚼！」

六　善意的淫穢

「這無賴！」何小河望著羅白乃，悻悻的道：「他遲走一步，看我不打死他！耍賴皮！」

「男人真煩！」溫柔也納悶地道：「這個、那個，各個人都不一樣。」

她這樣嫌煩的時候，倒不去想女人還不是一樣：那有這個和那個都一模一樣的事；相貌像到十足已絕無僅有，更何況是性情、心情？

何小河倒笑了起來：「這個、那個？到底是那一個了？」

溫柔懊惱的說：「像小石頭就很不同。有次那梁走路跟那班門弄斧的兩口子在隔壁喁喁細語，我就奇怪：這兩個九不搭八的傢伙幾時變得如此熟絡了？於是要搗過去聽個究竟。誰知那吃古不化的石頭腦袋說：『別偷聽。那樣不好。』我不服氣，就說：『聽一下有什麼關係。說不定可以聽到什麼祕密呢！』你道他怎麼說？他居然把臉一沉，說我：『要聽，就光明正大的過去聽個明白。偷聽不好。萬一真有祕密，妳聽去了，就對不起朋友；如果沒有，又何必偷聽！』嘿！義正辭嚴，沒想到他平時傻裡乎乎的，一繃起臉扳得比我老爹那張還黑！」

何小河笑道：「男人像小石頭那種，已算君子。有的男人，可不堪入目呢！」

溫柔卻有異議：「君子？那顆石頭倒常跟我說明、明說了：『我不要當君子。我不喜歡君子。充其量，當條漢子余願足矣，不然，就只算粒石子好了。』其實，君子、漢子、男子、耗子，我都弄不明白，分別在那裡！」

何小河忍笑道：「君子、漢子都是有擔當、敢擔當，有風度、有氣概的男人，但君子悶些，漢子好玩些。」

溫柔憨憨的問：「那麼，妳說的那些不堪入目的男人呢？他們又是怎樣的？」

何小河夷然一笑：「也不堪言表。說了怕污了妳的耳朵！」

溫柔興致來了：「說來聽聽嘛，姊姊，怕什麼，那姓羅的八卦公也給趕跑了！」

何小河想了一想，道：「好吧，妳可知道，姊姊我爲何淪落到在那青樓紅塵裡陪客迎賓？」

溫柔老老實實的答，「不是爲了生活嗎？」

何小河嘆道，「姊姊本也是名門之後，原是良家女，但教以蔡京爲首的朝中六賊所害，家破人亡，賣入妓院，過了一段活不如死的歲月。」

溫柔忍不住插嘴：「可是……」

何小河見她欲言又止，便問：「可是什麼？」

溫柔問：「姊姊有這一身好武功，很多事都可以做，何必要在那兒受苦？」

何小河道：「我本是不會武功的一名弱女子，所以才致受欺。我混在孔雀樓三年，才因『六分半堂』雷純要擴展她個人在江湖上的勢力，以及暗中部署她安插在武林中的人手，見我伶俐，而且人在青樓這等煙花之地，刺探秘密更加方便，所以就收買了我，著人教我武功——我就把握這千載難逢、稍縱即逝的良機，把我的功夫學好，也把自己的功夫做好，於是，在孔雀樓這等烏煙瘴氣之地的『老天爺』之名堂，就此打出來的。」

溫柔嚮往、羨慕的說：「姊姊真厲害！」

何小河莞爾一笑：「這也算厲害？這只算我命苦！」

溫柔道：「上孔雀樓那種地方的男人，三教九流，都不是什麼好東西，姊姊也一一應付得來，還不厲害！」

何小河道：「這叫厲害？這是悲哀。你可知道男人上樓來，爲的是什麼？」

溫柔想了一會兒，「……不就爲了那回事？」

何小河：「就那回事。但每個男人都不一樣，好的、壞的、禽獸一樣的、禽獸不如的，應有盡有，不應有的也一樣有。」

溫柔：「姊姊日後曉得武藝之後，有沒有一個個殺光他們來報復？」

小河道：「那也不至於。其實，他們來花銀子，妳讓他們享受身子，各取所需，兩不欠貸而已。那個姑娘天生想犯賤，做這碼子事兒？既然沾上葷腥，也討了著數，只要不是硬著強著欺人，那也不必要殺人傷人、報復報仇。」

溫說：「那些臭、壞、衰、死男人，見到女人就可以……那樣麼？真是不要臉！」

何道：「這也不必怪他們。男人女人，原生來就不一樣。他們只要性起，跟誰來都可以。我們女人就不一樣，不喜歡的就沒興兒。不過，你別看他們好像威風八面、饑不擇食，有的可希奇古怪、笑話百出、醜態畢露、可笑可憫呢！」

溫柔趣味盎然的問著何小河。

何小河也遂她所願，「有一種男人，看是男人，其實卻不然。」

溫柔不解，滿目都是疑問。

何小河道：「他們根本當不了男人。」

溫柔大奇：「他們是女扮男裝？」

何小河笑了起來：「那有這般傻想！男人倒是男人，只不過不是真男人。」

溫柔迷茫的道：「怎麼男人不是男人？那是什麼樣的男人？」

何小河只好說明了：「那是不能幹那回事的男人。」

溫柔更迷惑了。

何小河只好進一步明說：「就是幹那回事的時候，那話兒硬不起，或硬起來卻不及爭氣又軟成一癱的那種男人。」

溫柔可臉紅了，好一會才囁嚅道：「……那他們不行又要上來？」

何小河道：「怎不上來？越是這樣的男人，越要上來，越是要多上來幾次呢！唯有這樣，才能證實他們仍能。他要其他的男人知道他行，便只好在女人面前不行了一次又一次。有時候看他們臉紅耳赤，氣喘咻咻，仍要努力個不休，但都沒好結果，看了也為他們難受。」

溫柔可聽得目瞪口呆。

何小河：「那也是沒辦法的事。對這種人，千萬別譏笑他們，他們原也是可憐人。最好盡為他們開解，說些：『哎，你一定是酒喝多了，才會這樣子。』『大爺剛才一定在別個姊妹上太用功了，可沒留給我，我可不依。』『官人為老百姓的事可忙壞了，敢情是幾天沒好睡，下次不給奴家歡心的，奴家都要生氣了。』……他們一定聽了舒坦，就算沒真個，但銀子照給，還多給呢！就算在你面前失威，但下次一樣會來，這種人銀子可好賺哩！可千萬不能跟他們說、向他說什麼：『嘿，你怎麼不行？』『真是的，怎麼才硬便軟得像條抽了筋、蛻了殼的蛇？』、『我看你是淘空了，還是別硬來了，認了吧。』……這種話，只招怒結怨，又傷人傷己，是萬萬說不得的。」

溫柔可聽傻了眼。

其實何小河故意說這些，也只是一種善意的淫穢。

她是希望溫柔能多瞭解一些事兒：人不能永遠長不大，沒長大時無知是天真，該長大時仍然無知則是幼稚。

她口裡沒說，眼裡可看得出來：王小石、方恨少、羅白乃……還有一個不確定的，對溫柔可都有些「異樣」的感情。

——可這位大姑娘好像明白，又似什麼都不懂，這可傷腦筋呀。

而今卻還不知她最近在苦惱什麼呢？

這可不行呀。

只好，她這做姊姊的，跟她說說男人的事：且不管好事、壞事、還是帶點淫穢的事，反正，都是女人該知道男人的三五事。

她可不是多管閒事，而是做點好事。

七　一個變成三個的女子

聽傻了眼的溫柔，只好傻乎乎的說：「真可怕。」

何小河不明所指：「什麼可怕？」

溫柔吐了吐舌頭：「原來有那樣的男人。」

何小河笑道：「一點都不可怕，有時候，更可怕的有的是呢。有的男人，付了錢就以爲自己是皇帝，非要在女人身上撈回夠本不收手。他們強灌人喝酒，摑女人耳光，幹那回事的時候，從狗趴一般的，到禽獸式的，還要妳舐弄狎玩他們最髒最不堪的地方，而他就不讓妳舒服，非要把妳整治得死去活來不可……」

她遂而苦笑道：「再不堪的，姊姊我可對妹子妳說不出口呢。我真不明白，這樣胡搞一通，他也是人，會痛的吧？那有什麼歡樂可言？要是這樣都是樂子，遲早都會麻木得只有殺了自己的那一場痛才解決得了他的問題。」

溫柔嚇得整個人都傻了。

她楞楞的看著何小河，連眼也不霎，眼珠子也沒轉。

何小河原覺得該好好的讓這小姑娘體悟些事，才故意說些較爲「凄厲」的讓她聽聽，好歷些世面，長些見識，不料把她聽成這樣子：莫不是嚇傻了？忙用手在伊之眼前晃了幾晃，溫柔卻還是那付口張目呆的樣子。

何小河忙用手去搖她：「妳怎麼了？喂，妳幹啥？」

溫柔這才從神遊太虛中回過神來，才吁了一口氣，不禁飛紅了臉，忙著扔出一句話：「真好玩。」

「好玩？剛才不還是可怕的嗎？」何小河這可不懂了，後回心一想，大概這小妮子不得已只好強充吧？於是決心再說一個輕鬆些的好讓她能就此轉折下臺：「也有好玩的。有的年輕小夥兒，給人揉了上來，期期艾艾，扭扭捏捏的，有的還紅了臉，不肯脫褲子呢！」

溫柔仍目瞪口滯的說：「哈哈。」

何小河笑得甜甜：「他們這些人，大都未嘗過正甜兒，又躍躍欲試，又扮正人君子。他們到頭來還是保住了褲子，真以爲穿上了也可以真格呢。有的還賣熟，到頭來三扒四撥的，門都未入就了了糊塗賬，遇上老娘我，嘿，充得了還真當神仙唄！」

何小河這回說上了癮。

溫柔也聽上了癮，不禁問道：「我聽說……初次那回事的，上花樓頭一遭，妳們……得要封個紅給他呢。」

何小河笑得吱咯吱咯的，像隻小母雞，「是啊。這叫千載難逢。但一般這沒經歷的人兒哪，準不認出口是初哥兒。有的褲兒未脫，就夾著蹓了，沒上過場面，沒辦法。有的還三十多四十來著，看樣兒大款大戶的，樣兒也好，那想到也是初回，大家袒裸相對，他手顫腳哆話兒冰冷的，居然不知道姐兒的宄兒在那？還真沒提著燈到處照！那次幾沒把姊姊我笑得一灘水也似的。」

何小河說著仍覺好笑，咯咯咯咯咯的笑不停。

溫柔又為之咋舌：「哇，不行的有，禽獸也有，連路也不識得的都有……姊姊妳好本事，豈不是一個女子變作三個應對著辦？」

何小河沒料到溫柔這般曉得誇人，這一讚可真貼心，當下輕佻的笑不掩嘴：「豈止三個？有時，真是千手千臂千乳還千那個……才行。」

忽想到要收斂，這才正色斂容的說：「妹妹妳白似紙兒，純似花兒，姊姊我這浪蕩人，口沒遮攔，有什麼說什麼。我在沒學得武藝之前，客人要我作什麼我作什麼；有武功之後，我喜歡的，就來者不拒；不喜歡的，或也應酬敷衍；真噁心的，就給他們好看。由於姊姊我還當紅，服侍男人有一套，來求我的還真要看我臉色，所以才有『老天爺』這外號。姊姊不比妳，大家出身不一樣。說說這些拔舌根的事兒，是樓子裡姊妹們的興樂，妳不見怪、嫌煩才好。」

溫柔笑著垂下了眼皮，看著自己手指，低聲道：「總得要有人跟我說說這些，要不然，我不僅不像個女人，連人都不大像了。」

何小河立即打蛇隨棍上，挨近點、湊合說，「所以，妹妹有心事，我一眼就看出來了，但姊姊啥都肯跟妹妹貼心的說，但妹妹就什麼都不願與姊姊知心的講。姊妹妹，妳情我願，那有這等一廂情願法。」

溫柔忙道：「不是，何姊不要這樣說。我一直想問……」

何小河趨近細聆：「問什麼？」

溫柔垂下了頭，幾乎已縮入領襟裡去了，「我要問妳……」

何小河用手攬著溫柔肩膀，「問吧，無礙。」

溫柔的手指一直揉揉著衣裾，終於用一種蚊子才聽得見的語音道：

「我擔心……」

何小河道：「哦……」

溫柔道：「……」

何小河：「那樣啊……」

溫柔：「……」

何：「那妳到底有沒有……」

溫：「我……」

她們語音極低，就算走近她們身邊，只怕也不會聽得清楚談話內容，只知何小河先是在聽，溫柔在傾訴；然後是何小河在教導，輪到溫柔好好的聆聽。

那是女人的話。

也是女人的事。

過半晌，好一會，溫柔才不那麼害臊、緊張了，整個人都似輕鬆了下來。

說到後頭，兩人都很知心知情，體己知己起來，何小河就笑著安慰她：「妳既事後沒有……那就不必擔憂了。要是來了，可要跟姊姊我說，省得擔怕。」

溫柔似乎也很受慰藉，整個人都笑口常開了起來：「聽姊這麼說，我就寬心多了。」

何小河睞睞眼睛說，「妳要擔心，還是擔心王小石吧。」

「他？」溫柔似從來不覺得這人有啥好擔心似的，「他有什麼好擔心的？」

何小河抿嘴笑道，「妳不怕他給人搶去了嗎？他可對妳好著呢！」

溫柔輕笑啐道：「他有什麼好？七八個獃子加起來不及他一個傻。妳喜歡他妳去喜歡好了，我才不怕呢，他老纏著煩著，我還怕趕蒼蠅也趕不跑他。你們當他大哥，我只當他小石頭！」

然後她雙手摺在髮尾上，挺著胸脯，深深的呼吸了一口氣，那姿態十分撩人，不但令人想入非非，也足以令人想出非非：

「哦，我真快樂。我覺得我自己還可以快樂上十年八年。就算日後我墮入空門，也值得了，因爲我還是比別人快活十倍八倍！」

何小河看到她的陶醉，想到自己同在這個年齡的辛酸血淚，不覺舌間有點酸味，本想勸她好好對待王小石，忽然想到：也許就是王小石待溫柔太好太周到太無微不至也太注重關切了，她才會對他那麼不在意、不在乎。

——這樣也罷，如果自己再說王小石好話，這大姑娘反而更不把王小石放在眼裡了。

所以她問：「妳已經那麼幸福，又何必再浪蕩江湖跟大家吃苦？就算官府通緝妳，妳只要回洛陽去，令尊有蔡京對頭大官作靠山，也多半不能奈何妳。出了家，才四大皆空；在家的，還是四大不空的好，愛情，四大無一可空，甜酸苦辣都要嚐，鏡花水月才是真。」

溫柔卻聽不出何小河語調中的調侃意味，只洋洋陶陶的說，「我才不回去。我跟你們東奔西跑，不知多逍遙自在，彷彿這樣更可以幸福十倍百倍。」

——既然妳那麼幸福，我也不便置喙了。

何小河心裡只有嘆息。

溫柔卻突然問：「怎麼才能試出一個男人對妳是不是真心？」

何小河給這突如其來的一問，倒沒想到如何回答，但又不能不答，所以不答反問，「是什麼樣的男人？」

溫柔偏頭想了想：「很以爲自己是大男人、大英雄的那種男人。」

何小河這時仍在感傷身世（但溫柔卻偏生看不出來），只漫不經心的說，「辦法有很多種，妳若要試他對妳——」

溫柔興致勃勃地道：「我要最隨便，方便的一種：我想試他是不是對我服服貼貼、千依百順。」

何小河心忖：千依百順？服服貼貼？天下焉有他爲妳捨死忘生妳對他生死不理的事！又不是上樓子館子，隨便挑一道菜，揀一個貨色！不過溫柔既問了，她也就隨意的給了個答案：「打他一記耳光，不就得了。」

「打他耳光？」溫柔眨著明麗得帶點豔的明眸，「爲什麼？」

「就是不爲什麼，沒有原因，沒有名堂，」何小河說話像話的說明了明說了，「妳就這樣打他一記，他都不還手，不生氣，不躲開，這才是真的喜愛妳，遷就妳。」

◇◇◇

她是隨便說的。

因爲她已有點不耐煩。

一方面，她已解決了溫柔的問題；另方面，她有自己的問題。

所以她隨便說說應付了過去。

她不知道溫柔是真幹的。

◇◇◇

溫柔是真的打了人一記耳光。

打的是：

王小石。

◇◇◇

何小河結束了談話，要找梁阿牛配合部署如何對付追蹤、追殺的事後，王小石卻來找溫柔，問她幾種特殊解毒藥草：「雞骨草」、「火茯苓」和「銀狗脊」的特性，之後便問她冷嗎？怕她在廟裡覺得悶，塞給了她幾響鞭炮，另還送上了一些溫柔素來喜歡的甜食蜜餞。

卻不料，溫柔咬咬嘴唇，反手就給了他一巴掌。

他沒料到。

也沒有避。

啪的一聲，打個正著。

王小石摸著火辣辣的面頰：他竟成了一個給女人打的男人。

而溫柔是一個打男人的女人。

◇◇◇◇◇◇

稿於一九九三年八月十一日：「殺人者唐斬」電影宣傳伊始，「東周」評介／偉刊啟事針對蔡劇本事／溫大、三姑、潤腸、尾巴姊姊、西裝麒歡聚公佈《棍》之手稿／W事已作慘痛決定／綠髮緣／K靚／十二日：收到張縉寄來中國大陸盜印書及冒名假書：（一）《吉祥如意跑了仙》上下二冊（江西省中國文學出版）；（二）《好小子：狂癲》（上下二集，西安三秦出版社）；（三）《劍歸何處》上下二集（南昌市百花洲出版）；（四）《紅燈邪盜》上中下集（並有引言附錄，陝西旅遊出版社）；（五）《情魔劍》三集（武漢長江文藝出版）；（六）《江湖至尊》四冊，並有圖文簡介（陝西旅遊出版）。六種合共出書（不包括再印（廿三萬冊以上，損失逾三十五萬元／銘仔入FAX／何甩雅讀《棍》大呼小叫不已／全面清洗水晶母體／羅立群兄來傳真要授權書。

校於九三年八月十三日：真佛宗現奇蹟／冷凍S／T交惡激氣／十四日：沈寄來發表於「新書周報」十「熱風」有：「溫瑞安武俠熱，繼續升溫」文／電視製作中心將拍「布衣神相」／慶均函：七套書款九月匯出／怡回港／十七日：方凌來港正式發展／練功運動已逾日程／接待康來港，召「一團春」、「棋子」、梁瓜田、何夾萬同接風／十八日：七子歡聚暢談／林志祥來信誠摯／得綠佛珠「緣」、大綠幽靈「綠洲」／喜獲玫瑰石：「心」＋「情」／心台贈「水深火熱筆」／與孫薑、方晴、淑儀、陳不澳、偉雄、俊凌、余尾、何家公、梁李下歡聚公佈大陸翻版書大全。

第十四章　龜國鶴人

一　上得虎多遇著山

王小石苦笑。

撫臉。

不明所以。

◇◇◇

打了人的溫柔，還興致勃勃、喜孜孜的睃著王小石，似有所期待，笑靨就像一朵含苞欲放的花。

王小石卻以爲緊接著還會來第二下耳光，等了一會，豈料卻無。

所以他問：「沒有了？」

這一問，卻把溫柔問得一怔。

「沒有什麼？」

「只打一下？」

「你不問我爲什麼打你？」溫柔訝異極了，「卻只問我還要不要多打幾下？」

王小石心想：問她爲什麼打自己?那有什麼好問的!溫姑娘發火，可不管青紅皂白、是非曲折的。打了便打了，給她洩了火就好，問究竟只得糊塗!

所以他只笑笑，說，「原來只打一下，那就好了。」

溫柔眼珠子一轉，嘿嘿笑道：「我知道了，你少騙我。」

這又到王小石莫名其妙了：「騙妳什麼？」

溫柔聰明伶俐的說，「我知道了，你一定做了些對不起我、見不得光的事，這才不敢還手、不敢駁我。」

王小石聽了只好笑：「那有這種事！」

溫柔湊過臉去，逼視著他，「沒有?」她像是在審問王小石。

王小石只聞一陣吐氣若蘭，如麝香氣，心中一蕩，當下十分懇切的答：「沒有。」

溫柔仍是不信：「真的沒有?」

王小石不慍不怒地道：「真的沒有。」

溫柔這時看見王小石臉上漸浮現自己所摑的五道指痕，心中難過了起來，澀聲道：

「小石頭，我現在才知道，原來你是……」

儘管王小石跟溫柔已有多年相處，但對她的嗔怒悲喜、又哭又叫，始終有點措手不及。

溫柔眼眶濕潤，語音哽咽：

「現在我才知道，你對我是……」

王小石吃驚的望著溫柔，他擔心她受過什麼刺激了。

好不容易，溫柔才把話說下去：

「……我現在才知道：你的而確之的是『天下最笨小石頭』。人家平白無故的打你，你都不還手，還等人打第二下、第三下，你說，你這人不是腦裡壞了那條筋，就是心裡發了病，連反應都遲鈍過人！你這種人，怎麼還能在江湖上闖？能活著真是奇蹟。」

她爲王小石惋惜。

十分惋惜。

——就好像看到一個俊男美女卻是一名白痴一般的可惜。

◇◇◇

她當然不知道：以王小石今日的武功、地位、才智、機變、能力，要是他有防範、不允可，當時天下，能一掌就摑在他臉上的，恐怕絕對不上五個人，不，只怕一個也沒有。

所以，溫柔能一掌就打了他一記清脆的耳光，才絕對是一個奇蹟。

◇◇◇

「別人打你，你要還手，就算不還手，也一定要閃躲；」溫柔對王小石作出諄諄教誨，「要不然，別人要是貫注了真力，你吃了這一記，豈不是一早都死蹺蹺了？」

王小石只好答：「是。我自當小心。」

溫柔這才滿意些了，特別叮嚀：「你要記住我的話哦。我都是爲了你好。下次有人這樣暗算你，讓你給及時閃躲保住了命，你要記住本小姐的大恩大德唷！」

王小石笑道：「這個當然了。溫女俠之恩德，如江水滔滔、延綿不絕，救萬民於水深火熱之中……更何況我區區王小石。」

溫柔展顏笑道：「你記得就好。本小姐可不是喜歡認功認勞認風頭的人。」

王小石道：「妳當然不是。」

溫柔這才滿意，道：「好了，到你了。」

王小石道：「什麼好了？到我什麼？」

王小石吃了溫柔一記耳光，到底爲啥，也不問一句，現在才算真正的問溫柔的話。

溫柔詫然道：「到你說話了呀。你老遠趕來這兒的，不是要跟我請教嗎？那就說話呀。」

王小石怔了怔，喃喃道：「我本確是來這兒跟妳請教有關幾樣藥材的性質的，不過……」

溫柔不耐煩的催促：「不過什麼！要說快說！」

王小石垂下了頭，他的眼睫毛跟溫柔是一樣的長而彎，只不過這兩人，一個男的一個女的，但卻都有著長而彎翹的睫毛。

王小石靦腆了半天，才終於鼓起勇氣：「溫姑娘。」

溫柔眉心一蹙：「嗯？叫我溫柔好了。這樣叫我不習慣，怪彆扭的。你要說啥就快說呀，要向我借錢、求我教武、央我指點明路，都好說話，犯不著拐六七個彎抹五四隻角的。」

王小石暗吁了一口氣，咬咬牙，終於道：「溫柔，我們也相識了好一段日子了，不是嗎？」

溫柔似也若有所思，點點頭。

王小石舐了舐乾唇，說了下去：「我們一直也相處得很好，可不是嗎？」

溫柔臉上乍嗔乍喜，既似有所期待，又像有難言之隱。

王小石見她不言語，只好硬著頭皮說了下去：「那麼，妳有什麼打算？」

溫柔只不經意的道：「打算？什麼打算？」

王小石只好再進一步直言了：「……妳對我的印象怎樣？」

溫柔眼波流轉，沒有直接回答，只說：「你的人……很好啊，沒怎樣啊。到底怎樣了？」

王小石隨她眼梢望去，只見寺院有口清池，池子裡長了幾蓬蓮花，不是紫的就是白的，各有各的美態。池裡有三四隻烏龜，有的在爬，有的伸著頭，有的趴攀堆疊在一起，有的在啃著菜梗殘苔。

旁邊還有兩隻紅嘴藍蔻黃腿鶴：仙意盎人，單足而立，凝神逸志。池對面還有兩座雪人，一個高高瘦瘦、一個矮矮胖胖，也許是因爲堆久了，雪漸消融，也剝落得七零八落了，很有一種消殞的味道。那株高大的喬木，到春初時仍枯葉多於新芽，更加強了這種氣息。

雖然是早已入春了，但寒意仍是很濃烈，可能因爲這是高山上的緣故。

王小石見了，便正好用譬喻把他要說的話說出來：

「那蓮花，好美，像……」

「嗯？」

「像妳。」

「像我？」溫柔似是一怔：「爲什麼像我？」

「出污泥而不染，」王小石指著池中央那朵又大又白的蓮花說，「妳跟我們混在一起，但妳亙常是妳，跟我們是不一樣的，總是俗不了。」

溫柔頓是嗔叱：「我不要！我才不依！我要跟你們大家一樣，我要當江湖中人、俠義中人！我不要不一樣！我才不要你用花來形容我，多俗氣呀！」

王小石只好紅著臉說：「可是，妳還是像……花一樣，有種清香呢。」

溫柔這次聽了倒受用：「是嘛？是麼？我倒不知道呢！」說著還用鼻子嗅了自己的臂窩，笑說：「我昨天沒洗澡呢。山外路上，沐洗真不方便——當江湖人就這點不好，吃的拉的洗的躺的，總是不稱意。」

王小石心裡幾沒笑出聲來：妳又要當江湖人，又嫌江湖多風霜，這點那點不好的，又如何當江湖人——當江湖人可辛苦著哩！

「不過，」溫柔仍嘟著腮幫子說，「我不喜歡像花。我不是個普通的女子，我是女俠，我不要像一朵柔弱的花。」

儘管王小石並不認爲花有何柔弱；相反的，他還認爲花是很堅強的：無論再惡劣的環境，任何一朵花都會開得如斯美一樣艷。

但他可不欲跟溫柔爭辯，所以讓步的說：「那妳像鶴，那樣優秀和自逸，妳看，旁邊的烏龜都給比下去了，真是鶴立龜群，風采奪目。在這池的龜國裡，妳是最出色的人物。我們大家都是這樣看妳。」

溫柔這次好好的專神的看了一陣，又不以爲然，「什麼龜國鶴人，我才不像鶴，又高又佻又長嘴巴的，我也不要像鶴。這兒，倒有像我的，卻不知你看出來了沒有？」

王小石這回拍溫柔的馬屁老是拍在馬腿上，要說的話未說出口，說出口的又給句句噎了回來，心中也大不是滋味，聽溫柔這樣問，又似有了一條退路，目光逡巡了一下，像發現了牛上樹的叱道：

「嘜，我知道了，像……」

「像什麼？」

溫柔也興致勃勃，寄予厚望。

「雪人！」

「雪人？」

溫柔又是一呆。

「你說我，像雪人？」溫柔指著自己的鼻子，一字一句地道：「雪人那麼醜，我怎會像它！」

王小石也楞住了。雪人醜？這他倒沒真正好好的想過。

「這兩口雪人，一個胖，一個瘦，又那麼髒，那麼單調——不是白就是灰色，那一點像我？」

溫柔咄咄的問：「雪人那麼死板、單純，那裡像我？」

一向很戇直的溫柔，生平最不喜歡聽到的就是有人讚她「單純」，她希望自己也能像大家一樣，都是「複雜」的人，但遇上她不能理解和處理的問題時，她又會理直氣壯的說：「明明是那麼簡單的事，你們又何必弄得那麼複雜！」

王小石只好訕訕然的分辯道：「可是這兩座雪人，扮相卻很靈動的呀，妳看，它們眼神也很靈活——」

溫柔啐道：「什麼靈活！靈得過活人！這兒最像我的，當然不是什麼長腿鶴呀、苦心蓮啊、褪色雪人什麼的，而是——」

王小石倒要仔細聽聽到底是啥？

「烏龜。」

溫柔說。

她說得笑瞇瞇、自得其樂的。

「烏龜像我，像我一樣，能屈能伸，揹得起、心底好、喜歡吃菜、功夫夠硬——就像牠殼一般硬。我好喜歡烏龜。我覺得牠們優美動人，可愛長壽。要比，就把我比烏龜，這才划算。」

沒辦法。

遇上了這姑娘，王小石沒辦法。

誰也沒辦法。

王小石在吃一鼻子灰之餘，心中很有點洩氣，溫柔卻在此時問他：

「你剛才到底要跟我說什麼？」

王小石定了定神，強笑道，「沒什麼。沒什麼。」

溫柔沒好氣的道：「是什麼就說什麼，那有沒什麼的事。」

王小石只覺這時候不好說，而且說的興兒早已給三五道寒風、七八記冷刀子削回肚子裡去了，也沒啥好說的了。

但溫柔卻還是催促他說。

「說呀，你爲什麼要先把我比喻成花啊、鶴啊、雪人的……一定沒好路數。」

王小石摸摸下頷剛長出來的一粒痘子，苦笑道：「也沒什麼啦。在烏龜的國度裡，雪人、鶴、花……這些都是異類吧？」

可是溫柔還是不滿意。

「我就知道你其實是有話要說的。快說出來嘛，快說！」

「我……」

忽聽一陣風聲，一人急掠而至，人未到，已驚落了三五張枯葉。

這人來得雖然莽撞，但輕功甚高，足尖在蓮花瓣上輕輕一沾，已越過池塘來。只是那葉蓮花，本純白如雪，給他足履那麼一沾，印上了一方鞋印。

那人一面掠來，一面大叱：

「不得了，不得了，今回是上得虎多遇著山了。」

王小石眼也不抬，已嘆了一口氣，道：「大方，又惹著了什麼事啦？是上得山多遇著虎，不是上得虎多遇著山。」

「都一樣，一樣。」方恨少已落身到王小石、溫柔之間，笑嘻嘻的說：「反正都一樣是虎、是山。」

溫柔故意扳著臉道：「那麼，我叫你做方歌吟，是不是也一樣？」

方恨少強笑道：「一樣，一樣，都是姓方的，我不介意他沾了我的光。」

溫柔嘿聲招呼道：「那好。哇哈！方寶牛，別來無恙，可好？」

方恨少立刻苦了臉。

「妳啥都好叫好應的，」他幾乎沒哭出來，「可不要叫我做什麼『寶牛』的好吧？我的派勢可沒那麼低庄！」

溫柔這可樂了：「誰管你派勢？你不是說都一樣的嘛！」

方恨少反唇相譏：「那好，我也叫妳做溫第七，好不？」

溫柔不解：「溫第七？」

方恨少提醒道：「第七啊，天下第七呀！」

溫柔立時變臉：「你敢把玉潔冰清的本姑娘我和那個猥瑣的東西擺在一道——

——！我啛！」

◇◇◇

我啛！

——「我啛」是什麼意思？

當然不是「我的妻子」的意思。

那是打人的聲音。

那是溫柔一巴掌就摑向方恨少的破空之聲。

◇◇◇

不過，方恨少不是王小石。
他的武功不若王小石高。
反應恐怕也不如王小石快。
可是溫柔就是打他不著。
他一矮身，就閃過了。
然後，他一巴掌反刮了過去。
「啪」的一響。
捱耳光的卻不是方恨少。
而是溫柔。

◇◇◇

終於輪到溫柔。
輪到溫柔挨耳光。

反手打了溫柔一記耳刮子的方恨少，彷彿要比溫柔還要吃驚七八十倍！

他慌忙解釋：「不是不是不是，我不是要打妳的，只是妳一巴掌打來，我一慌，避過了就順手還了過去……我不是有意要打妳的！這次糟了，真是上得虎多……不，上得山多遇著虎了。」

溫柔給打了一巴掌子，任誰都愕然。

王小石愕然——但在愕然中也不無這種想法：好啦，一天到晚高興打人就打人，喜歡罵人便罵人，而今，可報應循環，給人打吶。

溫柔也愕然——她一向只打人，很少給人打耳光。她甚至驚奇得忘了閃躲。登時，她淚花已在眼眶裡湧現了。

方恨少更愕然——他是自然反應，一閃開了便一巴子回了過去，沒料真的打著，且打得溫柔左臉五道指痕紅瓓瓓的。

他眼看溫柔要淚灑當堂，心中更沒了主意，只說：「妳不要哭，妳不要哭好不好？我卻不是故意的，我只是——」

溫柔忍悲含忿抽泣的道：「你打了我一掌，還說不是故意的！這樣豈不是說，你還不是故意的都打得著我，要是故意的，我焉有命在!?」

方恨少嚇得又要分辯，忽見溫柔一哂，居然能在這時候破涕爲笑，並說：「這回真是上得虎多遇著山了——平常打得人多，而今給人打了，也是活眼報！」

方恨少更正道：「是上得山多遇著虎——別跟我學壞了。」然後他小心翼翼的問：「我打了妳……妳……妳不生氣？」

溫柔灑然道，「我打人，人打我，江湖兒女，鬧著玩的，一巴掌也沒把人給打死，我不上火不生氣不變臉，只不過……」

她恨恨的瞅著方恨少：「我最生氣就是別人糾正我。本姑娘愛講上得虎多遇著山就上得虎多遇著山的，我們不愛說上得山多遇著虎！怎樣！不可以嗎！」

「是！是!!是!!!」方恨少只要溫柔不哭不鬧便如蒙大赦，什麼都好說，「妳說啥是啥！妳說黃瓜我不說青的，妳說苦瓜我不說涼的，妳叫賊阿爸我不認強盜他媽！」

溫柔破嗔爲笑，啐道：「你這賊瓜子，偏生這時候蹓過來討打呀？」

方恨少彷彿這才記得他這下來此的任務似的，忙湊近王小石耳邊，吱吱咕咕的說了一陣。

二 龜國雪人

溫柔一見人有得聽她可沒份兒，就七火八燒的躁了起來，毛虎虎的說：「怎麼？來是爲了見不得人的事啊？」

只見王小石聽得一再頷首，嘴裡說：「我早有發現，謝謝相告。」

方恨少這才笑嘻嘻的向她回話：「沒啥，沒啥，沒啥値得驚動妳溫女俠的大事。只不過，聽你們什麼龜國鶴人、雪人的講個不休，也湊合湊合應應景罷了。」

「我信！」溫柔覺得二人把她見外了，「你閒死了沒事幹！」

「妳說對了，我是閒死了，」方恨少也不懊惱，只說：「只不過這當合不想沒事幹。」

溫柔本要追問下去，但見池子裡的龜你趴我背、我跨你殼、他爬我背、你翻他身全打了結，有三幾隻還在池邊翻轉了肚子，一時翻不過來，皺了皺秀眉說：「你閒慌就跟我去把龜殼子翻過來。」

方恨少聽了如蒙皇恩大赦，他寧願去幫溫柔翻龜殼，也不願見她號啕泣。不過，他不忘向王小石悄聲說了一句：

「看來，溫大姑娘可真有閒，該給她找些活兒幹幹了……說不準，像剛才『老天爺』說的該爲她找一處婆家了。」

王小石笑，眼睛出奇的發亮，瞅著溫柔那兒，只說：

「她是閒著，不過，別人只怕都閒不了了——」

話未說完，場中突然起了很大的變化。

變化很大：

而且是那種閃電驚雷、烏雲掩月、天狗食日式的突然而生之變化，而不是那種日落月升、春回雪融似的自然而然之變化。

雪，真的消融的。

只不過，不是一點一滴的溶。

而是極快、極速、極不可思議的：兩座雪人一齊都雪落冰剝。

兩座雪人還一齊彈起！

畢竟，雪人是雪人，不是人。

——雪怎麼會自行動作？

只有人才會動。

莫非這兩座雪人成了精，吸取了雪之魄、人之魂，真的不光是具備人形還成了真人不行？

原來，這兩隻「龜國雪人」真的是人。

不僅是人，而且是極厲害的人物。

這兩人突然而起，方恨少卻正過去俯身陪溫柔翻轉龜殼。

只要未加提防，誰也避不了這二人的攻擊——就算加以防範，只怕要從這兩人手裡逃生也是極難。

所謂「行家一出手，便知有沒有」，用在這二人身上，不甚正確：

因爲他們一動手，答案便只有一個：

沒有。

——他們要攻襲的對象一定「沒有」命了的「沒有」。

「沒有」活口可言。

因爲他們使出的是看家本領。

也是殺手鐧。

他們只兩個人，但卻有三道殺手鐧：

落鳳爪

無指掌

素心指

◇◇◇◇◇◇

這三種絕門武藝，卻有著五個共同的特色：

狠

辣

絕

毒

而且都是指法。

其中，「落鳳爪」是女性才可習的惡毒武功，練此功法的人一旦修習出岔，便得成爲非男非女身。

「無指掌」更狠，不但對敵手狠，對自己也狠。這種掌力練得最高深時，連手指也得一根根斷落萎謝下來，手指越少，功力便越精深。

另外，「素心指」是專讓男性學的陰毒武功。這種指法一旦修練不得法，就會陰陽逆形，形同自宮。

要知道，任何人就算天性聰悟、勤奮過人，但練武跟學醫、學藝、學工一樣，總有出岔遇錯的時候，但這三門武藝，其中一樣學了如同自殘，另外二樁更不能並習，否則陰陽大變裂，情況危殆——偏生還是有人願學、苦習。

他們既然只有兩個人，卻使出三種絕門指掌功法，顯然的，有人已兩者並練：這兩人，一個堆得胖胖肥肥，一個砌成高高瘦瘦，他們的真人，也是一樣。

高瘦的那個同時使出「落鳳爪」和「素心指」。

矮壯的那人打出的是「無指掌」。

他左右手各只剩下一根指頭。

甚至連那根指頭，看去也不像是指頭了：根本分不清拇指、食指、中指、無名指還是尾指了。

不過，就算沒有手指了，那仍是指法，而且是極其歹毒的指法。

王小石認得這兩個「雪人」：

張烈心

張鐵樹——「鐵樹開花」！

◇◇◇◇◇◇

這兩人一顯出真面目，就立即下手。

都向溫柔下手。

只向溫柔下手。

而溫柔卻正在專心替那些翻轉了的烏龜扳正過來。

溫柔與人無尤。

溫柔也不是什麼第一號欽犯——事實上，她在各地城樓上掛出的緝拿逃犯海捕公文中的懸賞價格還是最低的，不但遠比王小石低，連唐七昧、蔡旋等也還有不如，連何小河、梁阿牛等也不及，甚至，有時候，根本就沒把她給繪上去。

爲此，溫柔也跟大家發過脾氣！她覺得自己給小覷了，太不受到應有的重視了。

可是，敵人爲何卻偏要第一個找上這個本與世無仇的女子，並第一個就向她猛下殺手？

◇◇◇◇◇◇

按照道理，這驟然而至的暗算，溫柔全沒提防，是絕對避不過去的。

而且，這兩名「雪人」下手的「方式」很特別。

他們用的都是指法。

可是指短勁長，手指未到，手上已祭起一藍一青一黑三道指勁，攻向溫柔。

指勁足有十一至十三尺長，溫柔俯身翻轉龜殼，距離本近，而今那三道指勁真是說到就到，幾乎不容溫柔閃躲。

就在這電光石火的剎那，白衣書生方恨少卻似早已料到有這場伏襲一般的，忽然扯著溫柔的肩膀，在雪人動手的前一刹已叱了一聲：「起！」

他振衣而起。

扯起了溫柔。

他整個人就像給那馬上就要攻到的指勁「激飛」了起來似的。

馬上就要攻到——就是說還沒真正攻到。

方恨少身形一起，他的「白駒過隙」身法也激起了溫柔的「瞬息千里」輕功，自然反應，同時掠起。

在指勁襲至前掠起。

——由於太急，溫柔把一隻烏龜正翻轉了一半，還沒完成就激飛急掠了開去，溫柔第一個感覺竟不是驚慌，而是遺憾。

「白駒過隙」的輕功是怪，你不動他，他就停下來；你一打他，還沒打著，他彷彿就已給你「打」了起來，你卻沒真個能打著他。

「瞬息千里」卻只是快。快得只要她的輕功一施，你就來不及出手，出了手也來不及打著她。

這兩種輕功同時施展，三縷指勁，都告落空。

就在這時，砰砰二聲，寺院的東西二道月洞門同時給震了開來，三道人影，同時掠了出來！

來自西邊的是梁阿牛。

「太平門」的子弟輕功當然好。

來自東面的是何小河。

「老天爺」素來長於輕功。

他們一齊掠向、攻向、殺向那兩座出了手同時也失了手的「雪人」。

◇◇◇

那兩人當然就是「鐵樹開花」張鐵樹和張烈心。

看來，這兩人是一直充當作雪人，窩在這兒，爲的就是要施暗算。

——只是，他們爲何卻偏要先找上溫柔？

難道溫柔特別重要？

難道溫柔特別好下手？

難道他們特別恨溫柔？

三　比蓮花還純更白的公子

張鐵樹和張烈心暗算失手，立即要走。

——至少，是要走、想走的樣子。

但何小河、梁阿牛立刻截住他們。

他們一早已伺伏著伺伏暗算的人。

——可是他們又怎樣知道有人暗算？

◇◇◇

原因很簡單：

發現這件事的是何小河。

她把那匿伏著偷聽的羅白乃叱喝出來的時候，已發覺那兩個雪人誤以為自己行藏已給看破，略顫了一顫，抖了一抖。

這一顫一抖間，摔落了幾片殘雪。

這就夠了。

何小河可不動聲色。

她先發出暗號：江湖上，有著各種不同的暗語，何小河這幾年在「孔雀樓」裡並沒有白過。

她的暗語卻不是從口中發出來的。

她一面跟溫柔聊天談心事。

一面悄地用炭筆寫了幾個字。

她把手裡的紙趁在餵鳥兒食穀粒之際，交「乖乖」銜了飛去。

「乖乖」就是王小石的愛鳥。

牠自然飛到王小石處。

所以王小石立馬就過來這寺內別院裡。

何小河藉故離開，並通知了方恨少。

方恨少會合了王小石，他的任務倒不是要保護王小石，王小石也不必需要這讀書忘字的書生保護——但有他在，溫柔會安全些。

何小河另外去把梁阿牛喚了來。

他們要佈下天羅地網：

抓人。

——抓兩個「雪人」。

所以，「鐵樹開花」才一動手，何小河和梁阿牛就馬上出現了。
他們要打擊打擊他們的人。
他們矢志要殺掉來殺他們的殺手。
尤其自菜市口、破板門一役之後，他們已沒有退路。
他們已走上不歸路。
他們正在逃亡天涯。
他們要血債血償。
他們要爲死去的弟兄報仇。
仇已深結。
仇結深了。

有些仇恨是解不開的。
要解，得要用血來洗清。
——一旦見了血、鬧了人命的仇，除了歲月，恐怕是難以消解的了。
愛也一樣。
——一旦破了臉、傷透了心的愛，很容易就會變成恨。
恨本就從愛極處來。
要是，這世上的愛不變成恨，恨而不反目成仇，該多好。
如是，這世間就非人間了。
因爲人間總有愛恨。
且愛易變，恨海難填。

張鐵樹、張烈心三招失手，立馬要走。

但梁阿牛、何小河已至。

梁阿牛的兵器是一對牛角。

那是一對他自己所飼養的心愛的老牛死後所切下來的角。

他舞動那一對角：招招遇險攻險，且招招進逼、招招用老。

本來，招式最怕用老，發力至恐用盡，出手切忌用死。一旦用老、用盡、用死，一旦打擊不著敵人，反挫己身，就來不及應變，只有老、盡、死三條路。

——無論是那一條，都不是好路。

也不是活路。

可是梁阿牛卻不怕。

他招招用老／盡／死。

他勇。

勇者無懼。

他兇。

盲拳打死老師傅。

他悍。

因爲他戰志驚人。

他每一招都經過長期浸淫，每一式都下過苦功死功，所以他敢拚，能拚、勇於拚命。

對敵時，只有拚，才能保命。

拚命才能要敵人的命。

張烈心用的是女人指法，夠柔，夠陰，也夠毒。

但不夠勇。

不夠兇。

也不夠悍。

所以，他二招失利，已給梁阿牛欺近身去，一時也真打個狼狽不堪，只有招架的份兒。

然而何小河卻正好相反。

◇◇◇

何小河外號「老天爺」，待人處世，潑辣大路，但她的招式一點也不大開大闔。

反而十分「小心眼」。

她用的是「流雲袖」、「裙下腳」、「襟裡刃」、「匣背弩」、「腕底矢」，沒有一樣不陰不險不毒不教人防不勝防的。

張鐵樹練的是「無指掌」。

「無指掌」是歹毒指法，練的人通常也比較鈍——把自己的手指練得根根掉落也在所不惜的人，當然神智比較鈍些、硬些、突些。

他實在應付不來何小河的攻勢：

袖子一甩，暗器撲臉而至。

裙子一掀，兜心一腳踹到。

襟子一摺，露出的不是奶子，而是一把寒刃。

烏髮一掃，才閃過去，背弩連矢，已當頭打到。

這才架了她一掌，小臂一辣，已著了她腕底利刺。

一下子，張鐵樹跟張烈心一樣，額上已開了花：

汗花。

四人才交手，高下立見，險象環生。

要不是還有以下的一個變化，「鐵樹開花」很可能就栽在阿牛小河的手下。

那變化是：

花。

蓮花。

在池中央那朵又大又純潔的蓮花，忽然離水激上半空：

成了飛花。

蓮池裡，忽然冒出一個人。

一位公子哥兒。

他的衣衫雖已濕透，但他冒出這潭濁水時，仍是那麼玉樹臨風、面若冠玉，丹頷朱唇，眼若鳳睛，氣定神閒，意逸精蘊；此際，他飛身而起，動若脫兔時面目仍靜若處子，甚至比那一朵白蓮更白更純更美更翩翩。

他一出現就出手。

向何小河、梁阿牛、方恨少三人背後出手。

他一出手另外一個人也就出了手。

王小石。

◇◇◇

王小石一直都沒有出手。

他沒有出手的緣故是因爲他一直要等這個人出手。

現在他終於等到了。

所以他也出了手。

四　無劍神劍手

見到蝴蝶就知道近處有花香，見到蒼蠅就知道附近有污穢，你在大海上見到鳥飛就知道陸地不遠了，在大漠裡遇到綠草就知道沙堆下有水。

是這樣的。

所以王小石見到張烈心和張鐵樹，馬上警省出一個事實：

那個貴介公子少侯爺，只怕也在這兒！

他不但是警惕到這一點，而且還感覺得到。

他感覺得出來：

這兒有大敵！

（然而「鐵樹開花」還不能算是他的大敵。）

那是一種似曾相識的感覺：好像他曾跟一頭寂寞而兇暴的野獸一同關在籠子裡，日後放了出來，就算牠走到自己後頭，自己也可以感覺得出牠的味道來。

那股獸味。

——那種凶險的味道。

血的感覺，腥的味道。

◇◇◇

他在這裡！
他一定在這裡！
——他果然是在這裡！

◇◇◇

正在遠處一個天然隱蔽而不會讓人發覺的所在，正在伺伏偷窺觀察王小石等人在明孝寺、六龍塔（也有人把六龍寺、明孝塔的混叫了）之一舉一動的「大四喜」和葉神油，乍見蓮池中躍起的翩翩俗世佳公子，也都震住了，失驚失色的也有，失聲叫道：

「方應看！」

「翻手為雲覆手雨，他怎麼也來了！」

「神槍血劍小侯爺——他來作啥!?」

◇◇◇

是的，這等京城裡的不世人物、人中龍鳳，千山萬水的來這窮山惡水之地，作什麼？圖個啥？

◇◇◇

蓮花連根拔起，破泥濘飛起，旋舞於半空。

方應看破池而出。

他一出現，就出手。

他的出手十分奇特。

這時候，他的衣衫仍是純白的，手背肌膚亦是純白的，給人的感覺也是純的白的，但就在他出手的一剎間，他的臉上忽然金了一金，眼色遽然綠了一綠。

——彷彿他的頭殼裡有人點燃了金色的火，瞳中忽然有人點起了兩盞綠色的燈一樣。

王小石乍見只覺眼熟。

——這熟悉卻使他有一陣陌生的驚恐。

雖然他一時也想不起這熟稔的感覺從何而來。

方應看出手，卻不是直接攻向他。

而是攻向方、何、梁三人。

他也不是直接攻向三人。

他飛身而起，右手緊執左手，左掌中、食、無名三指並伸，就像作法施術一般，口中唸唸有詞，這時，他左手通體血紅，哧的一聲，一道紅芒如赭，破指而出，中分三路，三縷血線，分別射向張鐵樹和張烈心。

——他爲什麼要攻擊他的得力手下？

他的指勁要是襲擊向王小石，王小石則早有防備。

但不是。

這也令王小石大爲意外。

但他還是馬上感應到：梁、何、方三人有險了！

直覺。他的直覺比反應還快。

他頓時大喝一聲，一掌「隔空相思刀」飛空發了出去，要截斷這三縷神怪詭奇的指風。

他截得到嗎？

◇◇◇

那隻小龜仍在騰身伸爪試圖把溫柔翻了牠一半的身子翻轉過來。

◇◇◇

他截得到的：

——如果不是在這千鈞一髮之際，有人猝然出手阻撓。

阻撓的人是那跟在何小河後邊一齊掠進來的人。

一個瘦小、靈巧、窈窕、苗條的人。

她的身子那麼輕，那麼靈，那麼巧，以致何小河可能根本不知道，她掠進來的時候，後頭竟緊躡了這麼一個人。

就連王小石看也不覺。

——他還以爲是自己人。

至少以爲是何小河帶進來的人。

然則不然。

這時候，來人是「自己人」還是「敵人」，足以改變整個戰局。

何況這不是個普通的敵人。

這是一流的高手。

一流的敵人。

——這人既非一幫之主、一堂首領，也非蔡京、梁師成、朱勔等身邊紅人。

她只是一個女子。

一個神清骨秀、艷媚自蘊的女子。

一個比少年男子還英氣的少女。

然而，她卻曾使「六分半堂」爲之四分五裂、「金風細雨樓」爲之凄風苦雨，連同相爺手上第一紅人白愁飛的江湖武力，也在一夜間瓦解的少女子。

她手上沒有劍。

但她卻是一流的劍手。

她的名字叫做：

雷媚。

◇◇◇

雷媚手上仍是沒有劍。

可是她一伸手，劍氣已至。

——就像她手裡正拿著劍：而且是縱橫凝聚著足以驚天動地鋒銳無匹的神兵一樣。

她一劍就向王小石迎面「刺」到。

她沒有劍。

但她卻是劍手。

神劍手。

——無劍神劍手。

◇◇◇

雷媚是個很奇特的女子，她在江湖上不是很有名，在武林中也不算是極有地位，但很多比她有名氣有地位有權力的高手，一一都死在她手裡。

而且，自她出手以來，好像還沒有發生過失手的事。從她刺激雷恨，到殺雷損，暗算蘇夢枕，猝擊白愁飛，她的對象一個比一個強，也一個比一個險，但她卻幹得一個比一個成功。

並且，她不只是奇特，也很奇怪。

因爲她去到那裡，爲誰服務，就背叛誰，對付她的主人。

而她只一個人。

獨行。

她甚至手上連劍也沒有。

——一個沒有劍的「神劍手」

她一劍刺向王小石。
她這一劍刺得理所當然。
刺得猝不及防。
刺得出乎意料，也理直氣壯。
她的劍沒有劍。
只有氣。
劍氣。

長江一般的劍氣。

五　是她！

三千道急流、四百道瀑布、五十道電殛聚於一線疾迸出來的：

劍氣！

◇◇◇

王小石一見那人，心中一凜：

是她！

他的「隔空相思刀」已給切斷。

但他立即拔刀。

◇◇◇

他的刀就在劍柄上。
他的劍柄特別長，刀就是那道彎彎的鍔。
刀很短。
很美。
美得叫人驚豔。
快得像流星，自長空劃過。
他的右手的刀及時架住了劍。
沒有劍的劍。
劍氣。
——空無的劍氣，比實劍還鋒利可怕。

◇◇◇

刀劍交架。
刀是實在的。
它美，它鋒利，它快得追風截電。

劍是無形的。

就在這刀劍互擊的一剎間，王小石心中再一慄。

——無形的劍氣刺在刀身上，竟要穿透刀身，攻入自己胸臆。

他的刀竟擋不住她的劍！

——第一次，他的「相思刀」居然擋不住敵人的兵器。

而且敵人只是一個女子。

手上只有一把無形的劍！

◇◇◇

那朵給激到半空的蓮花已去到了至高點，凝了一凝，又隨著泥濘、水珠，落了下來，在微陽映照下，五彩繽紛，煞是好看。

◇◇◇

眼看劍氣就要穿過刀身，王小石已來不及閃躲，不及施展任何一種變化，雷媚正滿心愉悅的要去享受又一個絕頂高手死於她劍下之快意之際，王小石身上卻突然發生了一種變化。

這變化是預伏的，而不是在這要害關頭才應變——如是，則不及。

她刺在「相思刀」上的劍氣，忽然「不見了」。

什麼是不見了？

——就是消失了。

爲什麼「消失了」？

——答案是：不知道。

◇

那劍氣就如七千道烈陽的光線匯於一點，正要熔解、衝破王小石手中刀的一個小孔：只要一個小洞，就可格殺對方——但那力量忽然給「移走」了。

——移到那兒去了。

王小石突然清叱一聲，左掌突然合駢如劍，一掌打了出去！

「碰」的一聲，十二呎外寺院裡的圍牆，一塊磚頭給激飛，「嘯」的不知飛到十萬八千里那兒去了。

雷媚這才知道：

她的劍氣已給引走。

雷媚這才省覺：

她已失手。

——至少，是未曾得手。

而她幾乎已生起了殺死大敵、高手的快感。

但她已功敗垂成。

功虧一簣。

雷媚這時才記起：

王小石會使「移花接木神功」。

——當年，王小石負責吸住雷恨，以俾自己刺殺得手時，用的就是「移花接木神功」，去化解雷恨的「震山雷」掌力。

她一劍不成，王小石已拔劍。

「銷魂劍」。

世。

一把沒有柄的劍，卻帶著三分驚豔、三分瀟灑、三分惆悵，還有一分不可一世。

那是一種驚豔、瀟灑、惆悵得不可一世的劍法。

還有劍。

王小石向她還了一劍。

◇◇◇

劍風始起，劍光剛亮，雷媚眼前見劍芒，背後劍鋒已至。

——那是什麼劍！

——這是什麼劍法!?

如此惆悵、驚豔、瀟灑，而又不可一世？

雷媚愛劍惜劍，一見如此劍法，還未思籌如何招架，已忍不住發出一聲讚嘆：

——好一劍！

——好一把劍！

——好一位劍手！

——好險！

這是王小石心頭掠過的一聲驚呼！

他的「移花接木神功」只要再遲一瞬息之間運使，自己便可能身首異處，或胸腹穿洞了。

因爲這女子的「劍氣」，已在他刀身上熔下一個凹口子。

只要再片瞬之間，劍氣就會穿刀而出。

幸他及時把「劍氣」移走。

並拔劍。

——以銷魂的劍，還她一記要命的劍招！

那池中的龜，即將把身子翻了過來。

◇◇◇

就在這時，雷媚手上突然多了一把劍。

那是一把細細的、秀秀的、涼涼的、美美的，像冰雕雪琢一般的劍。

——原來她還是有劍的。

王小石見過這把劍。

——雷恨、白愁飛死的時候，他都見過這把小、細、秀、白、冰的劍，在他眼前閃了一閃，亮了一亮。

然後，人就死了。

死的都是高手。

一死便足以使整個武林都失卻了平衡的絕頂高手。

雷媚一劍在手，便架住了王小石的那一劍。

「玎」的一響。

非常清脆。

動人。

而且好聽。

六　嘆息女子

架住了王小石一劍的女子，身子一轉，嬌巧如一隻雲雀，騰飛疾閃，婉轉如意，已退出十一呎遠，微微嬌喘，頭上束髮給披落了下來——可見她接住王小石那一劍之險——雲髮一落，只見那女子清秀得人間而不人煙清麗得比江月更江南，美得七分英氣，麗有三分俠情，而今烏髮一旦散發，還多了她帶有些微喘息，更教人蜜意輕憐。

她居然能及時格住了王小石的一劍。

雖然彼此都遇了險。

◇◇◇

王小石

雷媚：

交手一招
各出一劍
大家都遇了險。
也脫了險。

◇◇◇

那朵蓮花正和著泥濘、水珠，一齊往池塘蓬然落了下來。

◇◇◇

相交一劍。
——人相交以言語。
——知己相交以心。
——劍手相交以劍。

交手一劍後，雷媚心悸，且帶著微微喘息和嘆息。

王小石則瞬息不停。

他不停。

是因爲不能停。

他的戰友正遇險。

極險。

◇◇◇

險極！

方應看由「血河神劍」衍化出來的「血河神指」，攻的是何小河、方恨少、梁阿牛三人，但指勁卻先打了一個轉，射向張烈心和張鐵樹——

——的手！

◇◇◇

方應看這攻擊之怪、之詭、之奇、之異，令人絕對摸不著腦袋。

這時，王小石正要出手阻截方應看的出手。

但雷媚卻出手阻攔了他的出手。

◇◇◇

圖窮匕現。

水落石出。

方應看的「血河神指」既已彈射，就有它的目的：

圖已窮。

匕自現。

方應看第一道指勁先彈在張烈心左手「素心指」上，再折射方恨少。

他第二道指風先射在張烈心右手「落鳳爪」上，再反射梁阿牛。

他第三道指力先打在張鐵樹「無指掌」上，再轉射何小河！

方應看那三道血紅色的指勁，立時變了。

變了色：

變成了一青一藍一黑三種扭曲千蟲駁合成一長蛇般的勁氣，噬向梁、何、方三人！

◇◇◇

這時，王小石正出刀逼退了雷媚。

◇◇◇

梁阿牛發現時要避。

但發——現——時——已中指。

他中了一指。

——方應看那參合了張烈心「落鳳爪」的一記「血河神指」！

吃了方應看一指的梁阿牛，好像並無不妥。

這時，王小石已發現方、梁、何遇險。

他要飛身／騰身／掠身——不——都來不及了。

他突然做了一件事。

他的手一掣，刀劍一合，兩手已急打出二物！

二物疾打方應看。

攻魏救趙。

——狗急跳牆。

他本來一直不想與這如花似玉的魔一般神一樣的翩翩俗世佳公子為敵，但此際已管不了那麼多、理不了那麼多、顧不了那麼多了！

他要截擊——

——截住方應看的攻擊再說！

雷媚一見，又發出了一聲輕嘆。

她似乎是個多嘆息的女子。

何小河想躲。

她——想——躲（但猶未躲）的時候，已著了一指。

她著了方應看凌空一指。

——那一記揉合了張鐵樹「無指掌」的一招「血河神指」！

著了一指的何小河，好像也沒什麼異樣。

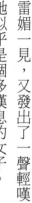

那隻龜終於翻了身。

◇◇◇

王小石擲出二物：急、疾、迅、速、飛、射、投、掟向方應看。

那是：

石子。

——兩顆石頭。

◇◇◇

他是王小石。

石頭，一向被江湖上認定是他最厲害的武器！

也是他的暗器和明器！

剩下那一指，摻和了張烈心「素心指」勁，飛射方恨少。

方恨少幾乎是跟何小河、梁阿牛同時發現、同時要避。

所不同的只是：

他一想到閃躲的時候身形已然動了。

——「白駒過隙」。

稍縱即逝。

他一閃，已避過了一指。

指快。

勁在指先。

他更快。

身法還在意念之先。

所以居然在千鈞一髮間避過了那一指。

那朵蓮花，連花瓣、泥水，一齊往池水落了下去。

◇◇

方恨少雖然身法快，而且奇，但那指勁，竟會自動拐彎的。

那黑色一指，打空了，居然破空發出鬱悶的爆炸之聲，折回來再攻一次。

這次是攻向方恨少咽喉。

死穴。

——這一指勢道凌厲，似要一招了結方恨少。

方恨少躲得了一指，躲不了第二指。

何況，他的身法比意志還快——所以，他只意識到躲開了第一指，第二指攻到時他還反應不過來。

反應不過來就得中指。

中這一指就得死。

武林高手，江湖中人講究的是：反應。
反應要夠快、準、狠，最好還能出人意表。
做到這點就可以反敗爲勝；做不到，遲早要敗死。
其實在翰林、仕林、商場、官場都一樣。

七 紫晶

他沒死。

因爲溫柔。

——他反應不過來溫柔可反應得過來。

在第一指攻向方恨少前，溫柔猶在張烈心、鐵樹的猝襲而驚魂未定，但到了第二指，她已生警覺。

方恨少不及避。

她一扯方恨少就飛／翻／轉／移／騰／滾／掠／掠／挺／彈／扭／擰／甩／閃身十三勢齊發。

她畢竟是「小天山燕」：

她以輕功：「瞬息千里」稱絕江湖。

她扯住方恨少而動，居然又躲過了方應看第二指。

這連方恨少和方應看都意想不到。

方應看第二指也射了個空。

方應看冷哼一聲，臉色大金，凌空施勁，又要把第二指餘勁轉化為第三指，務要置方恨少於死地方休。

◇◇◇

電光火石。

風馳電掣。

這時際，那隻小龜才把身子翻正，而蓮花才剛落回池水上！

然而，王小石扔出的石子已到！

◇◇◇

兩顆石子，一先一後，疾打方應看。

方應看拔劍。

血色的劍。

劍一拔，池水盡映血光。
寺院亦爲之通頂血紅。

方應看第一次跟王小石交手。
——他們當然不是第一次相遇，但絕對是第一次交手。
他們之間一直未分過勝負。
也不知高下。
誰也不知雙方一動手：
誰死？
誰生？

不死。

不生。

方應看一旦拔出了他的劍之際，眼色、臉色、膚色，全通紅，劍血紅欲滴，劍氣如飛血，他整個人都似超越了生，超越了死，只有他和他的劍定生決死。

他的人劍已合一。

但沒有飛起。

未掠起。

也無振起之意。

他凝立不動。

只劍往前指。

劍尖發出嘯嘯勁氣，從紅轉赭，由赭變紫。

劍尖遙指王小石。

王小石的第一粒石子飛到。

「啵」的一聲，石子四分五裂。

然後一陣「啵啵」連聲，全打入池裡，像一陣密雨。

血劍仍遙對王小石。

劍勁一振一丈一，已擴侵向在他對面的王小石。

就在這時，王小石的第二粒石子打到。

◇◇◇

「拍」的一聲，石子粉碎。

——成爲粉末的那種碎裂。

劍氣更盛了。

血氣更熾。

且烈。

血光已把王小石整個人浸住了，只要方應看人劍合一飛刺過來，王小石便上天入地無可遁了。

這時候，王小石想拔劍。

劍拔不出。

——難道那血氣已讓他的「銷魂劍」失了魂？

他要拔刀。

刀抽不出。

——難道那血勁已把刀縫在劍鍔上!?

王小石的髮絲忽然垂落於額，遮住了他一隻眼。

這刹那，他已還擊。

他向這個出道以來生平未遇的大敵，打出了他的第三顆石頭——

◇◇◇

第一顆石頭失利。

第二枚石子無功。

——第三塊石能改變一切、扭轉乾坤麼？

不可能。

可能。

——所有的可能都是在不可能中來的。

正如所有對的事都在錯的事中習得一樣。

王小石一石就擲了過去。

方應看手中劍正血氣大盛、澎湃不已之際，那石飛來，立即給劍氣最銳最利最無可匹處吸住，眼看也要震碎、激裂、絞成粉末之際……

石子也真的給激碎、震裂。

但在碎裂之前，忽然天地間紫了一紫。

原來那是一塊晶石。

紫色的。

它擊中了劍尖。

石碎滅。

但血色劍氣就似盈滿的桶子忽然給人加了一塊大石似的，大部份的血氣都宣洩一般的溢了出來……

一下子，亂了，洩了，瀉了、所剩無幾了。

劍氣已弱。

劍芒已滅。

劍勁已挫。

方應看立時收劍。

他頭上玉冠落下，甚至忘了拾起，血劍回鞘，兀自於鞘中顫抖、哀鳴、呻吟。

——就像是一個得病的狂人，終於躺回他的病榻上。

方應看看去無疑有點狼狽，他眼色也很狠，說：

「我終於能逼出你的殺手鐧了。」

說完這一句話時，他已經可以笑得出來了。

他一笑，仍是能令翩翩俗世變紅塵，蝴蝶飛，鴛鴦佇，夢如人生夢如夢……

「你的絕活兒不是石子，而是水晶，紫水晶。」他笑著，他的笑依稀如少女的綺夢，「你用的已不是『天衣神功』，而是元十三限的『傷心箭法』！」

這時，剛僥倖逃過二次指的方恨少卻驀然注意到了一件事：

那朵蓮花已落回池中。

水上。

他仍是他，花還是花。
但花已不是白的。
而變成紫色。
紫色的蓮花。

◇◇◇

白色的蓮花剎那間竟變成了紫蓮。
王小石發出的是什麼武器？
他施的是什麼法力？
那是什麼石？

稿於一九九三年八月十九日大哥大、方大我、孫扶卵、金小名、何三煲、淑儀表妹、偉雄表弟、俊凌契仔、梁老化歡聚於金屋＋總統／乘「孫文娟」紅色跑車／華文出版社小雪邀出版我新書／大俠李榮德寄來大陸翻版我的書：民族出版社《吞火情懷》、中國電影出版社：《刀》、中國文學出版社：《游俠納蘭》，附錄、相片豐富，還有曹序，一絕／奇緣得芙蓉晶「紅鸞」。

校於九三年八月廿七、廿八日：契爺哥哥、方麵包、孫扶輪、七殘八廢LEUNG、173—173—173詹、何大鑊、西裝麒、「七月十四黃」、能能、陳偉大英雄等聚於北角黃金屋，食於添仔記，為孫河車、詹團春取批命書並大論命／大師加批我命箴言，佳／「瀨尿蝦吳」壽辰，與孫益花、梁老化、小月月、何七姨婆、奶皇飽、阿JIM聚於「財記」大談術數／阿諾舒華辛力加．賴笑讚在下為「馬來西亞國寶」，一粲，何寶之有？

第十五章 敬請見怪

一 受傷的石頭

王小石並沒有乘勝追擊，只默默的俯身，拾掇起碎裂的石片。

他的神情是那麼的珍惜，那麼的哀傷，眼裡充滿了感情和愛，好像那不是石子，而是他的孩子。

連一向啥都看不大順眼、佻達的溫柔，看在眼裡，也不禁有點感動起來。

◇◇◇◇◇◇

「石頭也有生命，」王小石的語音裡充滿了歉疚和惋惜，「它是有感情的。」

方應看居然很誠懇的說：「對不起，它太強，我收勢不住，擊碎了它。」

他其實不是誠懇。

而是敬重。

他敬重王小石敬重他的石子。

——因爲石頭就是王小石的神兵、利器。

一個好劍手應視自己的劍如同性命。

王小石對他的石頭也是這種情感。

這點方應看了解。

所以他尊敬。

「爲了救人，」王小石的語音仍很悲傷，「我只好犧牲了它。石頭塊塊不同，晶石尤其世間罕見，碎一塊便少一塊。」

然後他抬頭，望向方應看：「你的劍也是好劍，它受傷了，你應好好愛護它。」

「是的，」方應看肅然道，「謝謝。」

「你爲什麼要來？」

王小石問。

「爲了要迫你出手。」

方應看答。

王小石苦笑：「爲了逼出我的殺手鐧，你們便不遠千里而來？」

方應看揚眉：「也爲了看看是否能真的殺得了你——若我能把你殺了，那麼，我的名字也大可改上一改了。」

王小石饒有興味：「改名字？改什麼名字？方應看——大家不是都應該好好的看你的了嗎？」

方應看笑了：「只要大家都已往我身上看，我就更該改名了。」

王小石道：「這名字不好改。」

方應看道：「已改好了。」

王小石：「能否賜告？」

方應看點頭。

他只說了兩個字：

「拾青」。

◇◇◇

王小石一聽，整個人震了一震，臉色卻是一沉。

但這一剎間，梁阿牛、方恨少、何小河全都感覺出來了：
他們自與王小石相識以來，從來未見過他如此震驚過。
——爲了什麼。
「拾青」這名字，又有何特別之處？

◇◇◇

只聽王小石冷哂道：「好志氣。」
方應看欣然道：「大丈夫當如是也。」
「我就不明白，」開腔的這回是我們的大小姐名女俠小姑娘溫柔是也：
「拾青、拾青，這有什麼了不起？有啥志氣可言？」
她自言自語（但大聲夾惡）的說：「方拾青？那有什麼！不如叫拾金、拾銀、拾秘笈、拾人牙慧……那還有趣多了！你們聽聽，方拾寶、方拾收、方拾拾……那多響亮啊！方拾青，未免太……」
王小石臉色一變，忽叱道：「住口！」
溫柔這回真的住了口。

她可真聽話。

——她當然不是聽話，而是她從來沒見過王小石發怒，沒遇過王小石如此待她，沒想到王小石會那麼兇。

所以她居然聽話不說話。

雖然滿眼眶裡都是：

淚。

滿心都是：

委屈。

但她也對王小石刮目相看了起來：

——這人啊，原來對石頭都這麼溫文有情，一旦發起火來，卻是那麼兇那麼冷那麼酷的！

溫柔能忍住不哭出聲來，已經是破天荒的了。

已經是給了王小石天大的面子的了。

——雖然她還是不明白：

叫「方拾青」的有什麼不得了之處！

方應看似對王小石喝止溫柔很承謝，他說：「你的水晶石再加上『傷心神箭』的『山字經』勁力，的確世無所匹。」

王小石謙抑的道：「你的血劍已出，神槍卻未發，承蒙相讓。」

方應看卻不受他這個禮：「你是聰明人，當然知道我為何不打下去——我是打不下去了。」

王小石也直言不諱：「打下去你未必不能殺我，但身邊卻有顧慮。」

方應看長嘆了一口氣，道：「我是有顧礙。」

隨即又舒然道：「但我此來卻志不在殺你。」

王小石笑道：「你只是來試試我的功力？」

方應看道：「我是來和你交個朋友。」

王小石道：「交朋友？那我的朋友卻得先吃你兩指為禮？」

方應看哈哈笑了起來，兩人如此交談，彷似好友，一點也不似剛才還有作捨死忘生之決鬥，也渾似沒了適才那一場生死搏。

大家都懵然不解，不明白二人葫蘆裡賣的是什麼藥。

最奇特的是，各捱了方應看一指的梁阿牛和何小河，除了感覺到眉心和宄骨一冷一熱之外，也沒有什麼特異的感覺。

——難道方應看那兩指白打了？

◇◇◇

方應看見王小石掌心裡仍盛著小小的碎裂了的晶片，十分珍愛，萬分珍惜的樣子，便調侃了一句：

「你好像在收拾人的殘肢。」

「不，」王小石認真的道，「是我自己的殘肢和手足。」

方應看臉上笑容漸斂。

然後他問了一句語重心長的問題：「你未離京之前，我最感到其武功莫測高深的三個人，都有一個共同的特徵，你可知道是啥？」

王小石在等方應看說下去。

他知道方應看既然問了，就一定會說下去的。

方應看果然接了下去：

「那是你、六分半堂的狄飛驚和初入京的驚濤書生吳其榮。」

他的下文更是隱鬱重重：

「你們三人：都跟水晶的力量有關。」

王小石似乎也有些詫然：「哦？」

「我一直懷疑你最具力量的石子是水晶，」方應看灑然一哂，「這點我沒有猜錯。」

「你沒有。」王小石直認不諱，「聽說吳驚濤的『欲仙欲死掌』是在水晶石洞中練成的，水晶的靈力加強了他的掌功。」

「狄飛驚脖脊上一直戴著水玉，而他一直深藏不露，誰也不知道他的實力；」方應看惋嘆道：「當日白愁飛上三合樓，要不是低估了狄飛驚，他就不會以『驚神指』射碎這『低首神龍』頸上的頗梨晶石；他只要不惹火了這神秘莫測的人物，說不定，在『金風細雨樓』蘇夢枕和雷純那一場倒戈、圍襲，狄飛驚助他一臂，就不一定會送命當堂了。」

王小石瞄了雷媚一眼，道：「白二哥本就不該死。」

方應看道：「雷媚的劍法很好。」

王小石道：「她暗算人的時機拿捏很準。」

方應看：「……所以，今天我們兩個若聯手鬥你，你可有多少活命之機？」

王小石卻道：「如要知道，你剛才就不必收手。」

他隨即又補充了一句：

「剛才你根本就不會收劍——如果你倆能盡心盡力聯手的話。」

聽了這句話，這粉雕玉琢般的公子侯爺，雪玉似的頰上，陡升起了兩朵紅雲。

他連眼都金了。

手已按在劍柄上。

劍鞘又隱見血絲：好像鞘內不是劍，而是一把柄／條／支有生命的躍動的歡騰的血。

那是方應看體外的血。

血色的劍。

劍形的血。

二 就是妳

好一會，方應看才鬆了手。

他腰畔的紅光又黯淡下去了。

——那血液折騰的噪響也低微下去了。

方應看哈哈笑道：「說的好。當年『金風細雨樓』三大當家初登場，米公公說蘇夢枕飽經世故，老謀深算；白愁飛狼子野心，飛揚跋扈；你則藏鋒避勢，志氣不高。他認爲長期鬥爭下去，物競天擇，弱肉強食，你會必敗無疑。我反對他的說法。」

他好像很爲王小石高興：「結果，是我對了。」

王小石道：「是我幸運。」

方應看：「其實，你才是：『夫唯不爭，故天下莫能與之爭』的那種人傑。」

王小石：「你卻是那種：『善爲士者不武，善戰者不怒，善戰敵者不與，善用人者爲之下。是謂不爭之德，是謂用人之力』的梟雄。」

方應看不惱反笑：「不爭有德，用人之力，那可不只是梟雄，而是奸雄了。」

王小石肅然道：「敬請見怪。」

方應看道：「通常人多請他人勿見怪，你卻是請人見怪起來了。」

王小石道：「既然已做了可怪的事，還去請人勿要見怪，那是虛僞的事。不如直接請人見怪，不請見諒。」

方應看：「好個只請見怪，不請見諒。我們真是識英雄者重英雄。」

王小石：「英雄？我不是。我們大多只是適逢其會，因緣際遇，在此亂世奇局裡一展所能罷了。本來就沒有偉大的人，只有偉大的事。」

方應看聽了哈哈笑道：「王兄，這話可說擰了。沒有偉大的人，那來偉大的事？事在人爲，沒有不可以的事，只有說不可以的人。王樓主當年獨力誅殺當朝權奸，王塔主近日孤身入虎穴脅持當今當朝最有勢力的人，王三哥的兄弟連皇帝老子都撻揪於地，那有不可以這三個字呢！」

王小石也微微笑道：「閣下也不是更無禁忌嗎？從大內高手、禁宮侍衛，到江湖好漢、武林豪傑，無不盡收你麾下，盡入你彀中，方公子志氣可大、小侯爺眼界可高呢，小石自慚不及，還遠著呢！」

方應看笑眼如二池春水，漾了開來：「好說，好說！彼此，彼此！我們客氣些箇什麼呢！」

忽然笑容一斂，額角、眼窩、笑紋都同時微微發金，拱手道：

「英雄盡敗情義手，石兄小心了。就此別過，後會有期。」

梁阿牛大吼了一聲：「慢著！想走？」方應看看也不看他一眼，開步要走。

「鐵樹開花」立即閃身到了他左右。

何小河匆匆叱道：「你那一指……算什麼!?」

方應看一笑道：「那不算什麼……只能算是個……禮。」

梁阿牛一楞道：「禮？」

「對，禮，」方應看笑容既純真若幼童，又純潔如蓮花，「送給王小石的禮。」

他亦莊亦諧的加了一句：「他日待他還我的禮。」

梁阿牛如丈八金剛摸三丈八羅漢的腦袋，「他奶奶的……這我可不懂。」

「你不懂，沒關係。」方應看輕鬆的說，「王小石懂就好。」

王小石只聽著，若有所思，不語。

方應看眼看要走了，他也不攔，不阻，不送，不理。

忽聽有人叱道：

「就——是——妳！」

一字一句，猶如斷冰切玉。

◇◇◇

說話的是溫柔。
她恨恨地也狠狠的向一女子發話。
那女子當然就是
雷媚。
——郭東神。

◇◇◇

曾經是郭東神的雷媚。

◇◇◇

「就是妳！」溫柔咬牙切齒的道：「妳背叛過蘇師兄，又殺了大白菜！」

雷媚笑了。

嫣然。

她伸出了手。

她的手指直向溫柔臉上伸來。

速度卻很緩慢。

溫柔嚇得退了一步。

「是妳！別怕，我只想捏捏妳臉蛋兒。」雷媚學著她的口吻，「我也認得妳，妳是小女俠溫柔，可不是嗎？妳就是那個不可一世的白愁飛喪命前還不惜代價要佔有的女子，也是給世間最頂天立地的大丈夫心中慕戀著仍不知情的俠女溫柔也。」

她說著，瞟了王小石一眼，又上下左右打量溫柔：

「果然漂亮。」她補加了一句，「江湖女俠，很少有這麼可愛的，這麼逗人的，但又那麼糊塗的。」

溫柔這可奇了：「妳怎麼知道我糊塗？妳說誰是頂天立地大丈夫哇？他在那裡？妳也很漂亮呀！」

但她也追加了一句：「可是心卻太毒。」

雷媚也不以爲忤，隨意道，「溫妹妹，一個女子在江湖上，不毒不狠，就不能出色、出頭。」

溫柔用手指著自己圓圓潤潤的鼻頭：「我就不毒、不狠，也可以在江湖上有名得很呀！」

雷媚笑笑：「那是因爲運氣好。妳有個父親溫晚在洛陽武林撐得起一片天。妳有個好世家，『老字號溫家』從嶺南到漠北、自關東到粵西，誰人不知？誰人不怕？妳有個師父紅袖神尼，怕是當今武林武功最高的五大高手之一。妳還有個好師兄，是名動京師的第一大幫幫主蘇夢枕。這還沒完。妳還有位結義大哥，是『七大寇』裡的沈虎禪，黑白二道，誰不賞他三分面、畏他七分威？妳更有個好姊姊雷純，她工於心計，但掌有實權，卻一味護著妳。妳又有好些結拜兄弟如唐寶牛、方恨少、張炭、張嘆……都爲妳賣命、效死。那都因爲妳長得漂亮。這還不夠，連白愁飛、王小石對妳也——」

王小石忽道：「雷姑娘，妳倒戈蘇大哥、暗殺白二哥的賬，還是要算的。」

雷媚一笑。她笑的時候，牙齒很齊，還露出了一些微上排的齒齦，緋紅赭紅的，一點也不礙眼，反而讓人也有一陣緋色的遐思。

她偏頭側眄王小石：「你現在說這種話，不是對你很不利嗎？」

王小石坦然道：「我明白，但我不想欠妳這個情。」

雷媚嘆了一口氣：「你別迫我馬上跟方公子聯手殺了你才好。」

王小石老老實實地道：「至少我不會現在就向妳動手。」

雷媚側首望著王小石，忽又端正的凝視他，正色道：「你的人這麼平實正義，我看多了，也正氣起來了。」

然後又去看溫柔，衷心讚道：「妳真是越看越可愛。」

溫柔可聽得臉上都騷熱了起來，只說：「是嗎？」

雷媚真情的說：「妳那麼純潔，看久了我也像純潔了些。」

她感嘆地說：「你們兩位可真養眼。」

方恨少插嘴道：「妳爲何不看我，我還怡神哪！」

雷媚不去理他，只跟溫柔親切的說，「像妳那麼幸福的女子，難免會折磨愛妳的人的。」

又去跟王小石說，「像你那麼好的男人，難免要爲深愛的女子而苦的了。」

溫柔忍不住說：「妳也很美啊……我有妳一半美就好。」

溫柔向來自信自負，從來沒有這麼謙抑，更不會這般壓低自己，而今這樣說了，連眼眶都潮濕了，無緣無故的哽咽道：

「妳要是沒有殺白二哥該多好……真看不出妳是個狠得下心的女子。」

雷媚憐惜的看著溫柔，又伸手去觸摸她。

溫柔這次沒有避。

王小石欲動。

但忍了下來。

方恨少也想動。

但他見王小石沒動，他也就沒動了。

何小河卻一掠，就掠到了溫柔身邊。

雷媚這次的手指觸著了溫柔的臉。

她只輕輕的、像撫挲美玉似的抶了一抶，就縮回了手指，清亮的美眸，睆睆睎著溫柔，柔和的說：

「或許妳可以這樣想，我狠，我毒，我下辣手，殺掉京師裡的英雄人物。但妳也不妨這樣看：我殺掉的是些什麼人呢？就拿你們看到了的說——雷恨？那是個殺人狂；他死了，很多人便活了。雷損？那是個魔王，有他在，京裡黑道都有了大靠山，不愁不囂張，在公在私，我都得殺他。白愁飛？他一朝得勢，會心軟過雷損嗎？會好過蔡京麼？我殺他們，豈不也形同替人除害？我可從來沒殺過不會武功、不事殺戮的人。」

方應看忽道：「媚兒，今天妳的話說多了。」

雷媚嫣然一笑，睞了方應看一眼，順從地道：「不錯，我今兒是說多了。」

隨即跟溫柔睞睞眼睛，俏聲道：「好妹妹，咱們他日再好好的敘敘。」

溫柔也不知怎的，一下子，就對雷媚生起一種捨不得也依依不捨的感覺了。

三　不請見諒

這時，王小石才第二次問：「你不遠千里而來，到底爲的是什麼？」

方應看道：「當然爲你。」王小石道，「爲我？」

方應看道：「蔡京決心要追殺你，他懸紅萬兩黃金，外加不少好處，現在天下各路、黑白二道，要取你首級的好漢豪傑，已多不勝數。」

王小石道：「爲這點動心而取我頂上人頭，在所多有，但若令小侯爺跋山涉水、不辭千里而動身、動手，必定另有內情。」

方應看道：「也許，我也想殺你。或許，我想過來助你，跟你交個朋友。」

王小石：「也許，蔡京要小侯爺親自出手，要『有橋集團』人就小石的事表明態度……」

方應看失笑道：「那用得著我嗎？大不了，米公公可替我跑這一趟呀。」

王小石苦笑道：「當真莫測高深。」

方應看目光猝然：「王小石不必過謙，我看你說不明白時，心裡早已比天底下誰都更分曉。不過，大家都是明白人，該明白的，總有一天會明明白白的……」

然後他向王小石長揖：「就此別過，只請見怪，不請原諒。」說罷哈哈一笑，攜雷媚之手而去。

雷媚婉約相從，臨行時回眸睒顧，不知向溫柔還是王小石，嫣然一笑。

她這時候已挽結了長髮，短髮束髻更使她頸色如玉的白，纖腰盈握，風姿楚楚動人，跟清狂爾雅的方應看走在一起，直如一對璧人。

◇◇◇

方應看走了。

「鐵樹開花」也走了。

——他們身上的積雪殘冰，因動作而抖落地上，很快的便消融爲水，滲入土裡，注入池中。

池中那蓮，又轉爲白。

比原來更白。

不但白，還帶點迷彩，帶點亮。

那不光是白，還帶著光。

原來那白色不止是原來的素妝，還有陽光。
原來陽光出來。
陽光照在蓮花花瓣上。
陽光很美。
蓮花也很美。
剛自這兒離去的人兒也很美。

◇◇◇

「我呸！去他奶奶個奶奶的！」
梁阿牛突然啐了一口，「裝什麼金枝玉葉，準沒安什麼好心眼。」
王小石忽道：「阿牛，你可覺有什麼不妥？」
梁阿牛見王小石容色凝重，便靜了靜，半晌才回答：「倒沒啥特別的，就只宂骨那兒有點麻辣辣的感覺。」
王小石說：「你在『太平門』裡修的是『游離神功』吧？」
梁阿牛臉上立即現出佩服的神色來：「是。你奶奶的……怎麼你連這也知道！」

王小石緊接著說：「你試運起『游離神功』，先意托滿月，再轉意歸朝陽，捧真投籽，先用丹田崩一聲『海』字，再在嘴裡吐一聲『哈』字，然後再自鼻裡重重哼一聲。」

梁阿牛見王小石說的認真、緊急，便不再多言，默運「太平門」的基本功法，分別自丹田、嘴、鼻發出「海」、「哈」、「哼」三聲。

本來一直無事，到了第三次吐音，梁阿牛忽然怪叫了一聲，臉色慘白，全身顫哆哆，搖搖欲墜。

他本來不算太高大，但十分雄壯，肌肉結實，塊塊如磚，胸膛更活似一塊四方的大石板，短髮如戟，無眉厚唇，給人一種比牛還強的感覺。

這一下子，他卻軟弱得渾似給拆了骨、抽了筋，要不是方恨少馬上扶住，他幾乎就要跌落到池裡去。

王小石也不爲奇，只問：「裡頭出事了？」

梁阿牛咬著牙，額上立時鋪一層豆大的珠，好一會才作得了聲：「任脈……神闕、華蓋、璇璣都攏不住，氣一聚便散，一散如針刺般疼，一疼就擴散到全身來，全身都似要散裂了，穴位遍離，血脈逆走，很辛苦……」

王小石點首道：「這就是了，小河妳呢？」

何小河見梁阿牛的情狀，知道自己只怕也不會僥倖，心裡有了個底兒，只問：「我該怎麼試？」

王小石道：「你們『下三濫』的基本功是『兜心軟』吧，不知……」

何小河卻道：「我雖姓何，但卻不是『下三濫』的嫡系。雷純找來『下三濫』兩名長老：何德、何能授我武藝，所以學的基本功法反而是『搗心硬』。」

王小石「哦」了一聲，道：「那妳試運『搗心硬』功法，以鶴步靜游、東西遊廊法調息看看。」

何小河依言而沉心合十，內息外感，心心相印，運功調氣，半晌，才徐徐睜目，道：「似乎沒什麼異樣……」

王小石這才有點笑意：「這就好，也許方應看沒摸清妳功法的門路，這才切不住妳的運功脈絡──」

何小河忽哀叫了一聲。

她雙手捂耳。

一下子，臉都白了。

青白。

痛得連淚也流了出來。

王小石俟她痛定了，才問：「耳痛？」

何小河仍捂著耳，痛得蹲下了身子。

王小石疾道：「快停止運功。」

好一會，何小河才能重新立起，額上多了一層細薄的汗。

王小石道：「是神門、交感、率谷幾處刺痛吧？」

何小河這才喘定：「不，連頭維、本神、陽白也有刺痛感。」

王小石隔一會才道：「方應看的『血河指法』已融會了『忍辱神功』，現再摻合了『無指掌』和『落鳳爪』指勁，實在陰毒難防、消解不易。」

「死就死，沒啥大不了的。」何小河狐疑地冷笑道，「但他千里迢迢的來，爲的就是給我冷不防的挨他兩指？」

忽聽一人道：「他來這兒，『有橋集團』就得交給米公公獨掌了，要不是有天大的利益，他放心得下？值得他來跑這一趟？」

說話的是唐七昧，說話語音森冷。

梁阿牛、方恨少等不見他尤可，一見登時火冒八丈，要不是平時已有點懼怕，早就撲過去扭打一頓、飽以老拳了。

梁阿牛哼哼嘿嘿地道：「你好來不好，你奶奶的熊，敵人跑光了才來？」

方恨少也哼哼唧唧地道：「你剛才要在，給他一記毒鏢，說不定，他也大便不拉、小便失禁的，大家鬧個和。」

王小石忙道：「是我要七哥他只看顧唐巨俠，不到非必要時，萬勿現身的。」

唐七昧不理方、梁二人，只把話說了下去：「不過，現在京師裡的英雄好漢，無不恨米蒼穹入骨：因為他當場格殺了溫寶，也打殺了張三爸。」

王小石明白了唐七昧說這番話的意思。

——就是因為這樣：方應看才可以毫無憚忌的離開京師、為所欲為。

——因為米蒼穹已成眾矢之的，無法成為一個統合朝廷、軍方、綠林、武林、江湖、市井高手精英的領導人物了。

四　方拾青

王小石心裡正在忖思方應看的來意，卻聽一個清脆的語音問：

「你說，我今天是不是很倒楣？」

王小石聽得心中一恍，這才抬目，驀見那一張似笑非笑、似嗔非嗔的顏臉，乍眼望去，既似籠煙芍藥，又像畫裡蹦出來的玉人兒，不大真實。

王小石一向機警過人，但因思慮方應看、雷媚的詭意，素來氣定神閒、雷打不動、雹劈不驚、遇變不懼的他，居然在恍惚間給溫姑娘嚇了一跳，在這春日初出的時分，居然連手腳都冷凍了起來。

「怎麼？」

王小石一時沒恢復過意識來。

「妳倒楣？」梁阿牛卻把話接了過去，忿忿的道：「那我們今天算什麼？吃了那男不男女不女的一指，還不知幾時橫幾時豎，幾時活蹦蹦幾時死翹翹，妳這算倒楣，我這算霉在那號子痴熊悶種鱉蛋賤胚手底裡了！」

溫柔看著梁阿牛，睜大了眼，一時說不出話來。

她向來天不怕、地不怕，但卻有點怕這個四四方方、慓慓悍悍、魯魯莽莽、又沉沉實實，笑起來一口黃牙、氣起來全身發抖、一開口就是粗話連篇的海獸。

所以她一時怔住了。

「溫姑娘今天當然倒楣了，」幸好方恨少這時挺身出來維護她，「她還給我摑了一巴掌。」

「對呀！」溫柔於是有了翻身的本錢，噘著嘴說，「我還給你叱喝了！」

剛才王小石確是肅起臉孔要她住口。

王小石不敢惹她，只說，「剛才是情非得已……」

溫柔扁了扁嘴兒，說，「我也不要你道歉。」

然後她搗近王小石頰邊，王小石不自覺的往後縮了一縮，只覺一陣如芒似麝的香氣襲入鼻端，十分好聞。

溫柔卻湊近他耳畔說了一句：「你是大夥兒的老大，在人前我只好讓著你，你叱的罵的，有理我受了，沒理我忍了，但沒人時我可要一一揪出來清算，有你讓我的，沒我讓你的。」

王小石沒想到溫柔忽然會在這時跟他「講數」，劃清界限，倒不知如何應對，奇怪的是，他面對大敵強仇，高手高人，大都揮灑自如，談笑自若，灰飛煙滅，羽扇綸巾，從未有臨陣畏縮，無辭以對的事，但遇上溫柔，就木訥得很。

他只覺鬢邊讓溫柔髮絲拂過，癢絲絲的十分好受，真有搦住她髮綹嗅一嗅的衝動。

「你叱過我，我也不計較，」溫柔這是響亮的說，「只是你爲啥要喝罵我，叫我住口？」

王小石訕訕然：「我是爲妳好。」

溫柔不解：「爲我好？」

王小石道：「我怕他們向妳出手。」

不解的仍然是溫柔：「我不怕他們出手。有你在呀，你不是把他們打走了嗎？」

這句倒是勾出大家心裡的疑點。

梁阿牛就這一句話追索下去：「三哥，爲啥不當即就把這兩個禍患殺了，省卻後患！」

王小石嘆了一聲。

他的回答也很直接：「一個，已很難解決；兩個，我非其所敵。」

何小河則問：「那麼，他們何不聯手殺了你？」

王小石答：「問題就在他們能不能真的全心全意的聯手。」

何小河明白了六分：「你是說：方應看不信任雷媚……？」

王小石：「雷媚也不見得會完全相信方應看。小侯爺見過太多次雷媚殺主的事，他機警多疑，沒有十足把握，便不會讓她有可趁之機。」

何小河默然，唐七昧則道：「雷媚先後殺雷損、推翻蘇夢枕、狙擊白愁飛，爲的是什麼？做這些事，固是十分凶險，對她卻似無大利呀！」

王小石苦笑道：「說實在的，雷媚的真正身份和目的，人只知其神秘詭異、莫測高深，跟唐兄門戶，實有相爲輝映之妙。」

唐七昧出身唐門，四川蜀中唐門可謂武林中最神最鬼的幫派，勢力龐大，潛力深邈，其組織嚴密，其手段毒辣，其暗器絕技更稱絕天下，江湖上有不少黑白兩道的高手、派系、幫會都受他們的縱控，但很少人能洞透蜀中唐門、川西唐家究竟是有何企圖、目標。

唐七昧點點頭，不再打話。

溫柔卻仍然要問：「可是，我的話沒說錯呀！方拾青，這名字有什麼了不起？不如叫方正、方圓、方拾紅順口得多了，要威風，不如叫方拾藍、方拾命，叫方拾青，一點也不出色！我既沒說錯，爲何不給我說！」

其實大家心裡都想問這句話。

王小石這才正色道：「柔兒，妳倒輕忽了。這『方拾青』三字，野心大，眼界高，倒調笑不得呢！」

溫柔不解。

不解溫柔。

王小石只好反問：「妳記不記得我師父的大號？」

溫柔這下答得利索：「天衣居士。」

王小石又問道：「我師父的師父呢？」

溫柔想也不想，就答：「韋青青青。」

這些原是武林高人，溫柔再涉世未深，也是個闖蕩江湖的人了，這些事自是耳熟能詳，隨問隨答。

她這一答，許多人眼睛都亮了。

亮來自明，有明才有亮。

——明白了。

何小河這才吁了一口氣：「韋青青青，方拾青，大俠韋青青青沒辦到的事，他還要從頭收拾起來、青出於藍呢！」

方恨少吞了一口唾液：「那他是自許要比韋大俠所立的勳功偉業更進一步了？」

唐七昧冷哼一聲道：「好大的口氣，好大的抱負，難怪——」

他的「難怪」二字後，有許多無盡之意：

——難怪你會震驚了。

——難怪你剛才一聽這名字之後，立即肅然以對了。

——難怪你會對方應看陡然出現，顯得那麼愁眉不展了；這樣有野心的人，遠跋苦涉來這兒，自是所謀必巨了。

——難怪你會喝止溫柔的胡言亂語了。

溫柔當時是說了不得體的話，不過，其實更重要的還是判斷力。

沒有準確判斷的能耐，眼見心不見，看到了又有何用？
——這世間豈不有的是睜眼的瞎子！
心明比非明更分明。

五　不解溫柔

溫柔在豁然而明之後，發出了一聲豁然響亮的輕笑，說：

「我還以爲是什麼？方拾青原來是再收拾韋青青的霸業王國，那算什麼？我看他是拾韋青青牙慧罷了。」

大家爲之氣結。

卻聽梁阿牛咕噥了一聲：「我拾他娘個屄！溫柔說的有理！」

這一次，梁阿牛支持了溫柔的那一方。

忽然，梁阿牛「咦」了一聲。

大家都狐疑的望向他。

只見梁阿牛東摸摸，西按按，他自己也狐疑的道：「消失了。」

「活見鬼！」方恨少笑啐他，「你從頭到頭腦直至腳趾甲都還在，沒那件是不見了的。」

「不是呀，你奶奶個大舅子！」他算是特別尊重方恨少，所以才沒把話說得更粗重，「我的宂骨沒先前的感覺了。」

大家都奇了一奇，王小石第一個反應過來：「那道指勁消失了嗎？」

梁阿牛搔搔短得直戟的頭髮，道：「是沒有了。原來總是有點麻辣麻辣的酸，現在全沒了。」

王小石神色反而凝重了起來，道：「你再運聚『游離神功』試試。」

梁阿牛暗運內功，仍發出「海」、「哈」、「哼」三聲，聲宏氣實，三聲過後，徐睜開眼，不敢置信地道：

「全沒事了。」

王小石皺著眉：「一點感覺也沒？」

梁阿牛喜道：「無。」

王小石轉而問向小河：「妳呢？」

何小河也以「搗心硬」的內息周遊了全身大穴，摸摸自己雙耳也歡喜的道：「那指勁待不住，我就像沒著過一樣，我耳朵靈醒著呢！」

王小石聽了，臉上卻不見喜色，反而雙眉緊皺。

大家看了，知道高興不宜過早，還是唐七昧先問：

「怎麼了？不對勁吧？」

王小石強笑道：「本來，指勁消失了，那當然是好事，我只是擔心……就壞在我略通醫理，卻不明指法，要是白二哥在就好了，他一定會知道那指勁到底是滑出體外、導爲正道，還是潛藏在那個要害底下了！」

這時候，他特別掛念白愁飛。

他一想起白愁飛的時候，便長吸了一口氣。

他深深的呼吸了這口氣，忽然之間，他覺得已死去了的白愁飛，要是英魂尚在的話，也會跟他一樣，深深的同呼這口氣。

也就是說，他因這個深呼息而超越了生死，與白愁飛同存。

便是這樣：他剛才在獨戰雷媚、方應看之際，外表雖然雲佇嶽峙、匕鬯不驚，但心裡著實是很有點緊張。

因爲他那一關不能敗。

——一敗，不僅他亡，連溫柔、方恨少、唐寶牛、梁阿牛、唐七味等人，只怕一個也保不住了。

壓力太大，放得再開的人，也難免會緊張。王小石是人，當然也會緊張。

但這心裡緊張，卻萬萬不能讓敵方知悉，所以他在手暫緩之際，他就開始說話。

與方應看、雷媚交談。

只要一開口說話，正如一出手交戰一樣，便會因話生話、遞招發招，而忘了或漸輕了緊張。

這其實是蘇夢枕紓緩緊張時常用之法。

蘇夢枕曾把這個方法告訴了他。

所以剛才王小石在說話的時候，便沒那麼緊張了——他越說話，就越閒；閒就越定；越定，敵人就越摸不出他的虛實；反過來，他正好可以觀察敵方的破綻和虛實。

因此在他跟方應看等對話之際，他覺得蘇夢枕是與他同在的。

正如現在一樣。

他因爲發現了蹊蹺，而心裡緊張起來，但不想把這種緊張讓大家得悉（這樣反而徒增了大家的憂慮，於事無補），所以便因這無法破解的指法而念起白愁飛，並深吸了一口氣：白愁飛解除緊張的方法，正是深呼吸。

這一來，他又與白愁飛同活了。

他其實無時無刻不記住八年前初入京時，與白愁飛雨中並肩隨同蘇夢枕作戰的情形。

——那段跟蘇大哥、白二哥聯袂聯手打擊「六分半堂」的日子，才是他最意興風發、志氣飛揚的時候。

現在蘇夢枕死了。

白愁飛已歿。

這情境只有在夢裡重現。

偶爾也會有這樣的情境：在他說話的時侯、深吸一口氣之際，蘇老大、白老二都像是活轉了那麼一剎那，再跟他並肩同戰。

許是：只要你把一個人留在深刻的懷念與記憶裡，他就會與你同存不朽吧？

念起這個，王小石在擔憂之餘，還很有點感慨：

或許，他離京不僅是爲了逃亡，也不只是爲了怕連累一眾兄弟，而是更怕面對的是：這知己無一人、兄弟各死生的情景吧？

◇◇◇

「扒三倒四龜五賊六田七丘八奶奶個九熊！」梁阿牛又亢奮了起來：「沒事就好了嘛，還多慮個啥？」

溫柔看看王小石還是愁慮未展，忍不住道：「你想什麼？」

王小石道：「沒什麼。」

溫柔問：「你知道我最生氣的是什麼？」

王小石一楞：「不知道。」

——他只知道溫大姑娘常常生氣，時時找岔，款款不同，樣樣翻新。

溫柔道：「我最生氣明明有事口裡卻說沒什麼——有事就有事嘛，偏說沒有。」

王小石不以爲忤，只說：「可能是我多慮了，沒事的！」

溫柔又說：「你可知道我最討厭你是在什麼時候？」

王小石又是一怔：「討厭我？」

溫柔道：「就是明明心裡還是有事，嘴裡卻說沒事，臉上寫著有事，偏就不讓人與事，好像天塌下來的事兒，也只是他一人的事兒——你說這種人討不討厭？」

王小石笑道：「討厭。」

何小河嘆了一聲，拉住溫柔的手，噓聲問：「我的好姑娘，姑奶奶，妳可聽說過不解溫柔這四個字？」

溫柔瞪了瞪一雙明麗的眼，奇怪的說：「什麼意思？打著我溫柔的旗號的字，不是讚我難道損我？」

何小河忍俊道：「小姑奶奶，我的娘，人家王大俠是不想我們這些小輩們空自擔心，更不欲使妳大女俠不安忐忑，所以就把事情隱忍不說了，妳卻來怪人家，這不算不解溫柔還算啥？」

溫柔又指著自己圓勻的準頭，嗤詆道：「我溫柔也會不解溫柔!?」

梁阿牛又嘮呶了起來：「妳們娘兒們就少嘮嘮個不休了，咱在這裡是走是蹓還是就此吃飯拉屎，總有個分曉吧！」

何小河噓聲笑道：「你看，這才是個真正不解溫柔的渾球！」

溫柔對梁阿牛的惡臉倒有些畏懼，一時不敢答腔。

梁阿牛對何小河卻似有點靦腆，不大敢惡言相對。

唐七昧便趁此問王小石：「咱們當下該如何進退？」

王小石對除了溫柔之外任何人，都很有意見。

「離開這裡。」

唐七昧問：「爲什麼？」

王小石瞟目四顧：「這兒不止一起敵人。」

唐七昧點頭又問：「往那兒走？」

王小石即答：「東南。」

唐七昧再問：「要不要通知三枯大師？」

三枯大師是這「六龍寺」的掛單的名僧，曾受過天衣居上恩澤的方外至交，與「爸爹」張三爸有極深的淵源。他既是引介王小石等人避入六龍寺，又是負責他們在淮南路十七州四軍二監的接應人。

王小石點頭。

他手心仍搓著碎裂的水晶，好像要把這些已經成了碎片的紫色水玉再度揉成一塊完整的石。

——可是，非但破鏡難以重圓，連重明都庶幾難矣。

碎水晶呢？能嗎？

◇◇◇

那隻小烏龜已完全翻轉過來，探頭望望世界，烏溜溜的眼睛，很有點貴族氣質的伏在那兒，十分滿意牠此際的四平八穩。

——要不是溫柔在牠的重要關頭時替牠翻動了那麼一下，牠可能就翻轉不過來了。

再翻轉過來，可能要四五個時辰，也許要四五天——也說不定牠就這樣渴死了、餓死了、累死了，永遠四腳朝天，翻不過來了。

你可看見過因爲翻不過身子來就死了的烏龜？

或許有。

或許沒有。

但世上的確有翻不過身子來就死了的烏龜。

——也許是因爲牠們只善於爬行，不擅於翻身。

——許是牠們背負的殼太重。

◇◇◇

那蓮花仍在池中，並由紫回轉純白。

不過，它已失去了根。

根已斷。

它是浮在水上的。

——它此際仍然嬌麗清美，但不久之後，它就要凋了，便要謝了。

沒有根的花和樹，都活不長久。

人呢？

◇◇◇

王小石、溫柔、方恨少、唐寶牛、何小河、唐七昧、梁阿牛、羅白乃、班師等一干人，仍在逃亡。

逃亡是爲了要活命。

只要能活下去，就有翻身的一日。

——只是，在這當兒，誰來協助他們？有誰能只消用一指頭之力，幫他們翻一翻身？

逃亡沒有根。

請續看第四冊

【武俠經典新版】說英雄·誰是英雄系列

朝天一棍（三）

作者：溫瑞安
發行人：陳曉林
出版所：風雲時代出版股份有限公司
地址：10576台北市民生東路五段178號7樓之3
電話：(02) 2756-0949
傳真：(02) 2765-3799
執行主編：劉宇青
美術設計：許惠芳
行銷企劃：林安莉
業務總監：張瑋鳳

初版日期：2022年1月新版一刷
版權授權：溫瑞安
ISBN：978-626-7025-25-3
風雲書網：http://www.eastbooks.com.tw
官方部落格：http://eastbooks.pixnet.net/blog
Facebook：http://www.facebook.com/h7560949
E-mail：h7560949@ms15.hinet.net
劃撥帳號：12043291
戶名：風雲時代出版股份有限公司
風雲發行所：33373桃園市龜山區公西村2鄰復興街304巷96號
電話：(03) 318-1378
傳真：(03) 318-1378
法律顧問：永然法律事務所 李永然律師
北辰著作權事務所 蕭雄淋律師
行政院新聞局局版台業字第3595號 營利事業統一編號22759935

定價：290元

國家圖書館出版品預行編目資料

朝天一棍（三）／溫瑞安 著. -- 臺北市：風雲時代，
2021.12- 冊；公分 (說英雄.誰是英雄系列)
武俠經典新版

ISBN 978-626-7025-25-3（第3冊：平裝）

1.武俠小說

857.9 110018324